JN054814

「おお!? モフモフが
自分から!? モテ期!?
モフモフモテ期なの!?」
聖女さま? いいえ、通りすがりの魔物使いです!
2
～絶対無敵の聖女はモフモフと旅をする～
『聖女様ぁぁぁぁぁっ!
ようやく、ようやく、
お会い出来たのですねぇぇぇぇぇっ!!』

ザッくん
カナタが最初にテイムしたモフモフ魔物で、真の姿は魔王ザグギエル。この姿だとスライムより弱い。
カナタ
元日本人で転生者。「聖女」と名高い才媛だが、前世の「モフモフしたい」という願いのためだけにハズレ職「魔物使い」となった。が、ステータスはチートのまま。
フェンフェン
カナタが二番目にテイムする魔物。真の姿は千年前の聖女と世界を救った神狼・フェンリル。

メリッサ
ギルド職員にして、実力派の冒険者。なのだが、カナタの担当となったことで出世し婚期を逃しそうなのが最近の悩み。
リリ
腕利きの鍛冶師。その熱い職人魂で武器、ではなくモフモフのためのグッズを作り出す。

火炎、吹雪、猛毒、呪詛、催眠。
あらゆる攻撃がカナタには通用しない。
カナタを守る障壁が、
その一切を遮断してしまうのだ。
「ふははは―。
どこへ行こうと
「そんな……！
ば、化物っ……！」

聖女さま？ いいえ、通りすがりの魔物使いです！ 2

～絶対無敵の聖女はモフモフと旅をする～

犬魔人 イラスト：ファルまろ

口絵・本文イラスト
ファルまろ

装丁
木村デザイン・ラボ

CONTENTS

第1話　神狼フェンリル？　いいえ、今日から我はフェンフェンです！

ザグギエルは、歴代の中でも最強と謳われた魔王である。

その軍略は兵を最効率で運用し、その知謀は邪魔な強者の動きを封じ込め、旗を掲げてからわずか数年で暗黒大陸の支配者となった。

いっそ臆病とも取られかねない慎重な戦略を好む一方、個の暴力は圧倒的の一言であり、戦場で対峙した者は自らの不幸を嘆くほかなかったという。

研究者気質な部分もあり、有用な古代魔法をいくつも現代に蘇らせ、魔王軍の実力を確固たるものにした。

暴虐非道にして聡明叡智。

公明正大にして冷酷無比。

弱者の気持ちなど分かろうはずもない、生まれついての独裁の王、それがザグギエルという存在だった。

魔王の中の魔王と畏怖されたザグギエル。

そんな彼は今――

「おー、よしよしよしよし。ここだね、ここが良いんだね！」

『み、眉間の上を激しくこするのはらめぇぇぇぇぇぇぇぇぇぇぇぇぇっ……！』

一人の少女によってなすすべもなくモフられていた。

『そんなにされたら、余はっ、余はっ、おかしくなってしまうぅぅぅぅぅぅぅぅぅっ……！』

「いいんだよ、おかしくなっていいんだよ。わたしはとっくにおかしくなってるよザッくんんんんんんん♥」

『余は臣下に、王には他者の気持ちが分からないと言われたこともあるが、カナタの気持ちは本当にまったく分からぬぅぅぅぅぅぅぅぅぅぅぅぅぅっ！』

街道のど真ん中での痴態であった。

ザグギエルが人型であった頃ならば、街道を巡回する兵に通報があっただろうが、今のザグギエルは三角耳の生えた毛玉だ。

少女が動物と戯れているようにしか見えない。

いや、実際その通りなのだが、二人の会話には問題しかなかった。

「はふー、まんぞくまんぞく」

カナタはつやつやとした笑顔で、額の汗をぬぐった。

『はぁ……はぁ……。本当にこんなことをしていて、余は最強になれるのか……？』

ようやく解放されたザグギエルはカナタの膝の上でぐったりとした。

『い、いや、ザグギエルよ。自らの主人を信じなくてどうする……！　これは余が最強へと至るために必要な特訓に違いないのだ……！』

違いありまくりだった。

これが特訓ではなく、ただ単に過剰に愛でられているだけということに、ザグギエルが気がつく日はやってくるのだろうか。

おそらく、こないだろう。

「ザッくんはもう最強にモフモフだけど、もっとモフモフになりたいんだね。なんというたゆまぬ努力。さすがすぎるよザッくん。ここからまだモフ度を上げようだなんて」

『そ、そうか？　カナタのよく言うモフ度なる強さの基準はよく分からぬが、カナタに褒められるのは悪い気がせんな』

決定的にすれ違っている主従は目を合わせて、ふふふと笑った。

「さ、休憩はこのくらいにして先に進もっか」

街道の端でちょうど良い大きさの岩に座り込んでいたカナタは、埃を払って立ち上がり、ザグギエルを頭に乗せる。

『街道は西へ続いているようだが、この先には何があるのだ？　余は長い間、人間界を彷徨っていたが、人の街には近づかなかったからな。地理にはかなり疎いのだ』

「えっとね。この道をずっと行くと、小さな村や町がいくつかあって、その先に神聖教会の本部があるよ」

『神聖教会。あの女神めを崇めている宗教団体だな』

「うん、十五歳になった人たちに職業を選ばせるのが主な仕事だけど。他にも孤児院を運営したり、炊き出しをしたり、死霊の浄化を司ったりもしてるよ」

『ふん、立派なことだが、あの女神を崇めているかと思うと信用できんな。それに仕事ぶりにも疑念がわく。王都で死霊を祓い、下水を浄化し、毒に侵された下街を救ったのは、教会の連中ではなくカナタではないか』

カナタが解決した下街の下水問題は、あのまま放置していれば、王都は大変な事態になっていただろう。

汚染された水は大地を腐らせ、農作物は全滅、疫病が蔓延し、死人がまた新たな疫病を発生させる。

すでにその兆候は下街に見られていたが、カナタの浄化があと少し遅れていれば、その被害は王都全域に拡がっていたはずだ。

そして、問題は汚染の原因となっていた死霊だ。

カナタがあっさり祓ってしまったが、あの死霊は相当な呪詛を溜め込んでいた。

あんな化物が下水道に住んでいたなど、自然発生だとは考えられない。

あれほどの死霊から漏れ出す気配は相当なものだ。下水の浄化を任されている神聖教会が、あの異変を察知していなかったはずはないのだが、事実ついこの間まで問題は放置されていた。

喜捨の少ない下街に待遇の差を付けること自体も問題だが、対処を先延ばしにしていれば、いずれ中街、上街へと被害は拡がっていたはずだ。

それを放置していたというのは、何らかの悪意が感じられる。

あの悪逆なる女神の支配下にある教会となれば、ザグギエルが疑うのも当然のことだと言えた。

女神の企みは、洗いざらいザグギエルから聞かされたカナタだったが、特に驚いた様子もない。

神々が人間の魂を餌としか見なさず、魔王を使って収穫していたという衝撃の事実を聞いても、意に介していなかった。

なぜなら、カナタの興味はモフモフにしか向いていないからだ。

モフモフに関係あれば全力で取り組むが、それ以外のことには基本やる気がなかった。

実の弟であるアルスは見抜いていたが、カナタは生来なまけものなのだ。

魔物使いになるという強い目的意識があったからこそ、今まで完璧な淑女を演じていただけなのである。

女神の企みに支配された世界を救おうとか、そんな気概は特になかった。

目指すは多くのモフモフと仲良くなることだけである。

そんなカナタだが、どこへ向かうかも決めずに旅立った割には、確信を持って西へ進んでいるようだった。

『神聖教会の人間がどれくらい女神の本性を知っているかは分からぬが、女神は我らを敵と認定している。カナタはその総本山へ向かうと言うのだな』

「そうだよー。あの女神様から、ほんの少し知らないモフモフの残り香がしたんだよねー。だから西に行けば、新しいモフモフにきっと会える気がするの」

一瞬降臨しただけの女神からモフモフの匂いを感知する。イヌ科の動物をも超える嗅覚を、カナタは遺憾なく無駄遣いしていた。

『ほう、さすがは我が主よ。逃げるのではなく、あえて本拠地へ乗り込もうとは。なんという胆力。やはり我が主たる者、そうでなくてはな！』

「ふふー。でしょー。わたしのモフモフセンサーが、ビンビンに気配を感じ取っているの！」

『ほう、そのモフモフセンサーとやらが何かは分からぬが、【モフ】の名が付いているということはさぞかし武勇に関係があるものなのだろうな！　女神め、貴様が敵対するというのなら、その総本山から叩(たた)き潰(つぶ)してくれる！』

「ふふふ、モフモフ、モフモフ、新しい子はどんな子かなぁ」

お互いの愛情はとても深いのに、まったく意思疎通が取れていない主従は、高らかに笑いながら、西へと向かうのであった。

† † †

聖都ローデンティア。

カナタの向かう先である、この都で最も大きい建造物が、神聖教会の大聖堂だ。

聖都の中心部とも言える大聖堂の地下に、獣の悲鳴が響いていた。

かがり火だけが照らす薄暗い地下牢(ちかろう)。

その中にあって、獣の白銀の毛は自ら輝いているようであった。

地下牢に囚(とら)われているのは、美しく、巨大な狼だった。

人間ならば数名は楽に収容できるその牢屋も、狼の巨体では寝そべるだけで精一杯の広さしかない。

その威容は囚われてなお雄々しく、山林で出会うことがあれば、崇めずにはいられない立派な狼だった。

「グルル……」

狼は鼻筋に皺(しわ)を寄せ、弱った自身の体に苛立(いらだ)っていた。

劣悪な環境で長く囚われているため、毛皮の色には陰りが見えている。

食事もろくに与えられていないのか、肋骨(ろっこつ)は浮き出て、ぬぐうことも出来ない目ヤニが瞳(め)を濁らせていた。

だが、たとえ目ヤニに塞がれようと、その眼はまだ死んでいなかった。

闇の向こうに立つ、自身をこんな目に遭わせた者を、狼は睨(にら)みつけている。

「……まだそんな眼をしているのですか？　いい加減に諦めて、わたくしの従僕となって欲しいのですけれど」

闇の中から相手の姿が浮かび上がる。

「ねぇ、貴方(あなた)も自分の使命は分かっているでしょう？　聖女には神狼が付き従うもの。初代様に仕えたように、わたくしにも仕えてくださらない？　でないと、信者に示しが付かないのです」

白い修道服に身を包んだシスターだ。

純潔の白をまといながら、どこか扇情的で過分な色気を漂わせる女だった。

「神霊の森に隠れ潜んでいたあなたがわざわざ人里に下りてきたのも、聖女に仕えるためなのでしょう？　どうして頑なにわたくしを拒絶するのです？」

『このように我を拘束しておきながら、ぬけぬけと……！』

　グルルとうなり声を上げながら、神狼は念話を介した人語で修道女を非難した。

「それはあなたが反抗的だからです。この聖女マリアンヌの従僕になると誓えばすぐに解放いたしますのに」

　マリアンヌと名乗った修道女は、格子の隙間から片足を差し入れる。

　檻の中に囚われた神狼は、その瑞々しい足に噛みつくことも出来ず、顔を踏みつけにされた。

「ねぇ、せめて条件を言って下さらない？　わたくしは聖女、億人に達する教会信徒の頂点。あなたが望むものを全てそろえてみせますわよ？　あなたは何を差し上げればわたくしに従って下さるのですか？」

『望むものなど何もない！　我が従うのは聖女のみ！　貴様の思い通りにはならない！』

　吠え猛った顔面を、再度踏みつけにされ、神狼は苦しげにうめいた。

　神狼の四肢は鎖に繋がれているが、本当の意味でその身を拘束しているのは、足場に刻まれた魔法陣だ。

　抵抗しようとする度に発光し、神狼の力を封じている。

「聖女にしか従わない？　なおさら言っている意味が分かりません。わたくしの職業はまごうことなき聖女。他ならぬ女神様によって定められているのですよ。あなたは神の決定に逆らうというの

ですか？」

『違う！　聖女とは職業などで測れるものではない！　その行い、その軌跡を以て聖女と讃えられるのだ！』

聖女の足をはねのけ、神狼は吠えた。

『貴様のどこが聖女だ！　世界に悪意をばらまき、人々を苦しめるばかりではないか！　淫欲にまみれたこの毒婦め！　絶対に貴様などには従わん！』

毒婦と罵られ、マリアンヌの額に筋が浮かんだ。

笑顔を浮かべたまま、大きく足を持ち上げる。

「本当に！　調教の！　しがいが！　あること！」

檻の隙間から、マリアンヌは何度も何度も神狼を踏みつけた。

嗜虐の趣味でもあるのか、恍惚に頬を染めている。

大きく開いたスリットから太ももがのぞき、それがなおさら聖女らしくない色香を漂わせる。

『ぐ、うぅ……』

痛めつけられた神狼を、マリアンヌはニヤニヤと見下ろす。

「その頑固な石頭が、早めに治療できることを女神様に祈っておきますね」

マリアンヌが檻に背を向けると、屈強な僧兵が両隣から現れ、彼女を護衛する。

立ち去っていく聖女たちを、神狼は力なく見送った。

『……聖女様……。あなたは今どこに……』

重たい体を引きずり、地下牢のわずかな隙間から見える空を見上げる。

神狼は千年前、聖女を失った。世界を救済し終えた聖女は眠るように息を引き取った。

聖女を守るという役目を終えた神狼は、人の世から離れて霊樹の洞に籠もり、眠り続けるだけの日々を送っていた。

平穏だが退屈で、どこか寂しい毎日だった。

あるべき半身がそばにない切なさだけが胸の内にあり続けた。

そんな神狼を永い眠りから目覚めさせたのは、とある匂いだった。

始まりの聖女と同じ、懐かしい香り。

風に運ばれてきたその香りを嗅いだとき、半ば植物と化していた神狼の心が動き出した。

聖女が誕生したのだ。

ならば、会いにいかねばなるまい。聖女のそばには神狼が仕えるのだから。

体を覆った蔦を振り落とし、神狼は霊樹の洞から旅立つ。人の手の届かぬ神霊の森から出て、世界を彷徨い続けた。

しかし、十五年の時が経っても聖女の姿を見ることは叶わず、旅に疲れて心が弱っていたところに不意を突かれ、こんなところで偽の聖女に囚われている。

『会いたい……。我はあなたに会いたいのです……』

悲しみに暮れる神狼は、狭い空にか細く鳴いた。

『！　……こ、これは……！』

そして、不意に鼻をひくつかせた。

その香りを嗅ぎ取ったのは無意識だった。

地下牢にほんの少し空いた隙間から、光と共にほんのわずかに漂ってくる。

神狼の嗅覚でなければ絶対に捉えられない、遠い距離を隔てたかすかな香りだ。

その香りには覚えがあった。

千年前に、そして十五年前に嗅いだあの香りだ。

『懐かしくも清浄なるこの香りは……！　間違いない……！』

香りは少しずつ近づいている。

『聖女様がやってこられる……！　まやかしではない真の聖女様が……！』

ならば、こんなところにうずくまっている場合ではない。

『お迎えに上がらねば……！』

神狼は強く決心した。

だが、神狼を束縛する魔法陣の力は強力で、神狼の全力を以てしても封印を解くことは出来そうもない。

『これは一か八かだ……。失敗すれば魂は崩壊し、成功しても我は力の大部分を失うだろう。だが、聖女様がここに向かっておられるのならば、我がお守りせねば……。真の聖女の存在を知れば、あの毒婦が黙っているはずがない……！』

神狼は残った力の全てを振り絞り、この封印から抜け出す一手を実行した。

『う、うぉぉぉぉぉぉぉぉぉぉぉぉぉぉぉっ……！』

白銀の毛並みは月光のようにまばゆく輝き、さらにその光を強めていく。

もはや神狼の輪郭すら定かではなくなり、地下牢から漏れかねない程の光が収まった頃——牢屋の外には白い毛玉が転がっていた。

『……上手(うま)くいったようだ……』

毛玉がふにゃりと形を変える。

短い手足で懸命に立った毛玉には、神狼をそのまま幼くしたような顔が付いていた。

『分け身ゆえに力はないが、聖女様に危機をお伝えするだけならば充分だ』

抜け殻となった本体は、牢に繋がれたままだ。

傍目(はため)には眠っているようにしか見えないだろう。あの偽聖女の目をしばらくごまかすことは可能なはずだ。

『待っていて下さい、聖女様……！　あなたの唯一無二の従僕たる神狼フェンリルがすぐに馳(は)せ参(さん)じます……！』

白い毛玉はてふてふと足を踏みならし、地下牢の階段を駆け上がっていった。

† † †

カナタとザグギエルは街道を進む。

空は底抜けに青く、風は涼やかで、穏やかな太陽の光がぽかぽかと暖かい。

絶好の旅日和だった。

西へと向かう石畳の街道は行き交う人も多く、そんな中、学生服を着たまま頭に猫のような魔物を乗せたカナタの姿はとても目立っていた。

しかし、楽しそうに歩く少女の笑顔を見て、旅人たちはほっこりとしながらすれ違っていく。

「王都もだいぶ小さくなったねー」

『うむ、あの大きな都がもうすぐ見えなくなりそうだな』

なだらかな坂を上り続けたカナタは、振り返って遠く後ろを見渡した。

王国の中心部たる王都が、人差し指と親指で作った輪の中に収まるほどの大きさまで遠ざかっている。

『カナタの健脚ならば、もっと速く進むことも出来たであろうが……』

「まぁまぁ、せっかく旅立ったんだもん。ゆっくりのんびり行こうよ」

『であるな。カナタのおかげで余の問題も解決した。これからは貴公にどこまでも付き合うぞ』

「どこまでもわたし（のモフり）に付き合ってくれるの!?　やったー!!」

『うむ、任せておけ。世に〝カナタあるところにザックんあり〟と謳わせてみせようぞ！』

高らかに宣言するザグギエルにハァハァするカナタ。ふたりのすれ違いはとどまるところを知らない。

「じゃ、じゃあさっそく、つ、付き合ってもらおっかな」

指をわきわきさせながら、カナタは頭上のザグギエルに手を伸ばす。

『……ん？　いや待て、どこまでも付き合うというのは旅のことで——目が怖い！　目が怖いぞカナタ！』

近づいてくるカナタの顔を、ザグギエルは必死で押しのける。

「肉球はぁはぁ……！　ぷにぷに、ぷにぷに……！」

『落ち着くのだカナタ。これでは一向に旅が進まんぞぉぉぉぉっ！』

「大丈夫！　ちゃんと歩きながらモフるから！」

『そういうことだが、そういうことではないぃぃぃぃぃぃぃぃっ！』

何をされても嬉しいカナタは無敵だった。

怪訝そうに眺めてくる通行人など気にもとめず、カナタは存分にザグギエルをモフりながら進むのだった。

†　　†　　†

「さてさて！　今日のお昼ご飯はホットサンドですっ！」

『おお！　ホットサンドか！』

カナタの宣言に、ザグギエルが短い前足をパチパチと叩く。

街道から少し外れ、大きな樹の根元でカナタたちは休息を取っていた。

日も高く昇ってきたので、少し早めの昼食をとることにしたのだ。

『……して、ホットサンドとはなんだ？』

カナタと暮らすようになって、人間の食べ物に触れることが増えたザグギエルだが、未だ食したことのない料理は多い。

カナタの言うホットサンドとやらも初耳だった。

「ふふー、美味しいよー」

カナタは空間魔法を発動し、アイテムボックスと名付けた空間から、次々と食材を取り出していく。

鮮やかな調理の手並みは、その動きそのものが魔法のようだ。

「まず食パンにマヨネーズを満遍なく塗ってー」

『ふむふむ、酢と油と卵黄で作る調味料だな。無性に舐めたくなるぞ』

「その上に薄く切ったハムを乗せてー」

『ふむふむ、豚肉の塩漬けだな。余も好きだぞ』

「細かくちぎったチーズでお皿を作るように壁を作ってー」

『ふむふむ、この形に意味があるのだな』

「その中に生卵を落としてー」

『ふむふむ、チーズの壁は卵がこぼれないようにするためであったか』

「胡椒をぱらりとかけてから、もう一枚ハムを乗せて、食パンで閉じます」

『ふむふむ、これならば片手で持って食べられそうで、外での食事にぴったりであるな』

ザグギエルはカナタのそばで、説明の一つ一つに感心しながら頷き続けている。

「ふふー、このままだとただのサンドイッチ。一手間加えるのはここからだよー」

カナタは両手で食パンを包むと、目を閉じて集中する。

「美味しくなーれー。美味しくなーれー」

すると、挟まれたサンドイッチから、食パンの焼ける良い匂いが漂ってきた。

『むむ！　これは火炎魔法で焼いておるのか⁉』

カナタの手の中から魔力を察知したザグギエルが大きな耳をピンと立てる。

『火炎魔法は威力が高いが、そのぶん制御が難しい。それを料理に使えるほどの低出力で操るとは……。地味だが、神業と言うべき制御力だ。さすがは余の主よ……！』

感心するザグギエルだったが、それもつかの間、パンの良い匂いに口からだらだらと涎が垂れてくる。

『ぬぬ、何という良い香りなのだ……。食欲をそそる……。パン、恐るべし……！』

ふさふさの尻尾を揺らしながら、ザグギエルはホットサンドの完成を待ちわびた。

「そろそろ良いかなー？」

カナタが閉じた両手を開くと、こがね色に焼けたパンが現れた。

「上手に焼けましたー！」

『おおー！　これがホットサンドか！』

「半分こにして食べようね」

カナタがホットサンドを真ん中で割ると、断面から半熟の卵と溶けたチーズがとろりとあふれ出てくる。

『ぬおお！　一滴たりとも無駄にはせぬぞ！』

糸を引いてしたたる雫を受け止めるべく、ザグギエルはぴょーんと飛びつく。そして高さが足りずに落下した。

『ぬ、ぬおお……！　この距離ですら跳べんというのか……！　貧弱な体め……！』

地面でぽよんと跳ねた我が身をザグギエルは罵った。

女神にかけられた呪いはすでに解けているので、ザグギエルが戻ろうと思えばいつでも元の姿に戻れるのだが、そうなるとカナタからの扱いが雑になる。

美男子の姿をしたザグギエルをカナタはお気に召さないようなのだ。

ザグギエルはそれを、さらなる力を手に入れたくばこの黒猫毛玉の姿でも強くなれ、というカナタからのメッセージだと受け取っている。

『そう、余が貧弱なこの姿のまま最強となることを、主たるカナタが信じてくれているのだからな……！』

カナタの信頼を裏切らないためにも、変化を解くわけにはいかないのだ。

もちろん勘違いだ。カナタの不満はモフ度が下がるその一点だけである。強さとか関係ないのである。

「はうぅぅ、跳べないザッくん可愛いよぅ」

最強（のモフモフ）になることを信じているカナタは、仰向けに転がったザグギエルの姿に悶えた。

「はい、どうぞ。熱いから気をつけてね」

カナタはお腹をモフりたい衝動を抑えつつ、ホットサンドを差し出す。

ホットサンドはアツアツの間に食べるのが一番美味しいのだ。冷えて固まったチーズと卵ほど悲しいものはない。

『かたじけない！　かたじけないぞ、カナタ！』

ホットサンドの香りに再び口の中を涎でいっぱいにしたザグギエルは、起き上がる暇も惜しく、カナタの手から直接ホットサンドにかぶりつく。

『む、むおおおお!?　こ、これはっ!?』

トロトロの卵とチーズが、塩味の濃いハムに芳醇なコクを与えている。

マヨネーズのほのかな酸味と、そこに鼻から抜ける胡椒のスパイシーな香り。

全てが調和した美味の結晶がそこにあった。

『うーまーすーぎーるーぞーっ!!』

口から黄金の光線を吐きそうな勢いでザグギエルはホットサンドを絶賛した。

「ザッくんが喜んでくれて良かった」

カナタも溶けたチーズを口で受け止めながら、ホットサンドを味わう。

「ん、美味しいね、ザッくん」

『うむ！　カナタの料理は絶品だ！　カナタの従者となって以来、こんなに美味(うま)いものがあったのかと驚くことばかりだ！』

口の周りを卵とチーズで黄色くさせながらザグギエルは絶賛した。

「はわわ、口の周りが汚れてるザッくんも可愛い……！　何度わたしを魅了するのっ！　もうもうっ！」

ザグギエルの口を拭いてやりながら、カナタは身悶える。

その様子はばっちり通行人たちから見られており、「なんだあいつら……」という視線を送られていた。

しかし、そんな視線など気にすることはなく、ふたりは昼食を楽しむのだった。

「さ、お腹もいっぱいになったし、そろそろ行こっか」

食後の小休止を終えて、カナタが立ち上がる。

『うむ、確かこの先に村があるのだったな』

すれ違う通行人がそう言っていたのをふたりは聞いていた。

なだらかなこの丘を越えて、もう少し歩けば村があるらしい。

行商人の通り道となっているため、小規模な宿場町のようになっているそうだ。

「うん、ザッくんに野宿はさせられないからね。村に着いたらちゃんと宿を取らないと」

『それは余の台詞(せりふ)なのでは？　うら若き少女であるカナタが野宿など……。余は今まで地べたで暮らして生きてきたのだから気遣いは無用であるぞ』

「わたしはザッくんのモフモフ枕さえあれば、岩の上でも針の上でも寝られるよ」

『うむ、それは余が死ぬので勘弁願いたい』

「はっ⁉　そうだね！　やっぱりザッくん枕はふかふかのお布団の上じゃないとっ！」

『余が枕になるのをやめるという手もあるのだが……』

「えっ、ザッくんが枕にならないなら、わたしがザッくんの枕に⁉　なにそれ素敵！」

『……うーむ、カナタは無敵であるなぁ……』

ザグギエルを頭の上に乗せ、カナタは街道に戻る。

そして、さぁ村へ向かって出発しようというところで、動きを止める。

『む？　どうしたカナタ？　村はあっちだぞ？』

「モフモフ……」

『うん？』

「モフモフの匂いがする……！」

カナタが勢い良く村とは違う方を向いた。

『ぬおう⁉　カナタよ、モフモフの匂いとはなんだ？　余の体か？　余の体が臭う(におう)のか？』

カナタに毎日風呂に入れてもらっているザグギエルだが、自分の体臭が気になり、前足を上げて脇の臭いをくんくんしてみる。

普段のカナタなら、その姿に身悶えするところだが、今は違った。

遠く、カナタにしか察知できない何かをじっと見つめている。

「見えた！」

『何が⁉』

「モフモフうううううううううううううううううっ‼」

『ぬ、ぬおおぉぉぉぉぉぉぉぉっ⁉　か、カナタぁぁぁぁぁぁぁぁぁぁっ⁉』

カナタはザグギエルが落ちないように支えると、街道から外れた平原を一目散に駆けだした。

土煙を上げて爆走する少女の後ろ姿を、通行人たちは冷や汗を流しながら見送った。

「「「なんだあれ……」」」

†　†　†

『クンクン……！　近い、近いぞ……！　着実に聖女様に近づいている……！』

その鋭い嗅覚で、フェンリルは自らの主たる、真の聖女の匂いを感じていた。

『今しばしお待ち下さい聖女様、今あなたの従僕めが馳せ参じますぞ……！』

自らの決意を表明するように、フェンリルは勇ましく遠吠えした。

——宙吊りに縛られた状態で。

『ひゃっはー！　肉だべー！　久々の肉だべー！』

『ガキどもに栄養のあるものを食わせてやれるなぁ』

嬉しそうにゴブゴブと鳴くのは、フェンリルの四肢を棒に縛り付け、逆さ吊りにして運ぶ二匹のゴブリンだった。

分け身となり、小さい毛玉になったフェンリルの短い足を棒に結び付け、ゴブリンたちはエッサホイサと森を進む。

『……ゴブリンどもよ。貴様らの子供への慈愛は素晴らしいものだ。しかし、我は聖女様のもとへと向かわねばならぬ。この崇高なる役目の一助となる栄誉を授かりたいのならば、疾く我を解放するのだ』

声をかけられた前方のゴブリンが、フェンリルに振り向く。

『栄誉って食えるだか?』

『いや、食い物ではないが……』

『んじゃあ、駄目だ。代わりの肉がないなら、お前が肉だ』

『んだんだ。おとなしく肉になれ。骨の一本まで無駄にしねぇからよ』

『こ、この神狼フェンリルを食すなど……、どれほどの愚行か分かっているのか!』

『神狼フェンリルぅ？　なんだべそりゃ、オラそんな魔物、聞いたことねぇだ』

『オラも知らねぇ』

『くっ、無知蒙昧なるゴブリンどもめ……!』

フェンリルは悔しげにうめいた。

『んで、そのフェンなんちゃらは美味いんだべか?』

『さぁ、食ってみれば分かるだ』

『んだな。ちいせぇけど肉は柔らかそうだべ。料理のしがいがあるだ』

ゴブリンたちは、フェンリル料理の味を想像し、じゅるりと涎をすった。

『……だけどよ、このまま持って帰っても、オーガ様に取られちまうんじゃねぇべか？』

『オラたちを守る用心棒っつっても、別になんにもしてくれねぇしなぁ』

『最近じゃあ地下帝国を築くとか言って、巣穴をどんどん広げさせられてるしなぁ。平和に暮らせたら、オラたちはそれで良いんだけどなぁ』

『オラたち魔物は弱いモノは強いモノに食われるのが掟だべ。弱いオラたちはなんも文句言えねぇべさ』

『ゴブリンはつれぇなぁ』

最弱種族の一角であるゴブリンたちは深くため息をつき、棒を担ぎなおす。

どうやらこのゴブリンたちは、用心棒として雇っていた戦鬼(オーガ)に巣を乗っ取られてしまったようだ。

食料を奪われるうえに、過酷な労働にまで就かされているとは哀れな話である。

『……そうか、そなたたちも苦労しているのだな。その苦労はよく分かった。だが、お前たちの口に入らぬ肉であれば、ここでいなくなったとしても問題あるまい。我を解放してもらえないだろうか』

『『それは断るだ』』

息をそろえてゴブリンたちは言った。

『オーガ様、めっちゃ怖いだ。逃がしたら頭つかまれてパーンってされちまうべ』

『肉を持っていかなかったら、オラたちが肉にされちまうだ』

オーガの恐怖政治はゴブリンたちに浸透しているようだ。

『くっ、やはり交渉は無理か……。ならば力尽くでも打ち破るしかあるまい！　ぬおおおおおおおおお！』

フェンリルが力を込めると、全身の毛が逆立ち、体積が膨らんだように見える。

『おおおおおおおおおおおっ‼　こんな草の蔓で編んだ縄などおおおおおおおおっ！』

フェンリルを縛る縄がギシギシと軋み、今にも千切れ――

『おおおぉぉぉぉぉぉぉ……ぉぉ……ぉ……』

千切れそうに見えたのは錯覚だった。

フェンリルの体から力が抜けて、空気の抜けた風船のようにしぼんでいく。

『おめー、このやり取り何度目だべ』

『いい加減あきらめて肉になるべさ』

『ぐぬぬ、諦めん、諦めんぞ！　聖女様に再びお会いするまで、我は絶対に諦めんぞおおおっ！』

鼻息荒く宣言するフェンリルを無視して、ゴブリンたちは調理法を話し合い始めた。

『腹に山菜を詰めて丸焼きはどうだべ』

『いやいや、煮込みも捨てがたいだ』

などと、素材当人の前で相談している。

『くっ、我の体が力を失った分け身でさえなければ、こんな枷など……！』

フェンリルは自らの弱さを嘆いた。

『本体に力を置いてきすぎたか……。しかし、ここまで力を弱めなければ、教会の牢に張られた結界は抜けられなかった……。致し方なかったとは言え、最弱の魔物であるゴブリンにすら手も足も出んとは……。くっ、聖女様……！』

牢に囚われていたときより近づいたとは言え、未だ遠くにいる聖女を想い、フェンリルは切なく鳴いた。

牢を抜け出してから、苦労の連続だった。

見張りに見つからず教会を出たまでは良かったものの、あまりにも遅い足は転がった方が速いくらいで、仕方なく転がりながら進んでいれば、下り坂に来たところで勢いが付きすぎて止まらなくなり、そのまま通りかかった馬車にはねられて川に落ち、短い足では犬搔きすらままならず、どんぶらこと下流まで流されてきて、ようやく岸に上がれたと思ったところでゴブリンたちに捕まった次第だ。

『万事休すか……。このままでは本当に我はゴブリンたちの食卓に並ぶことになってしまうぞ……』

しかし、貧弱なこの体では縄ひとつ千切ることが出来ない。

万策尽きた状態だった。

『ああ、聖女様、いずこにおられるのか……。涼やかなこの香りを近くで嗅げる日がもう来ないかもしれないとは……』

せめて遠くから漂ってくる聖女の香りで心を慰めようと思い、フェンリルは鼻を動かした。

『……む？　気のせいか、聖女様の香りが強くなっているような……。気のせいか？　我の弱った心が生み出した幻か？』

いや、幻などではなかった。

聖女の涼やかな香りが森の向こうからどんどん近づいてくる。

未だ地平の先にいるはずの気配が凄まじい速度でこちらに近づいてくるのをフェンリルは感じた。

『もしや、聖女様もこちらを見つけて下さったのでは……⁉　聖女様！　ここです！　あなたの忠実なる従僕はここにいますぞ！』

わおーん！　と全力で遠吠えすれば、少女の声が返ってくる。

「も……も……ぅぅぅ……」

その声は未だ遠く、フェンリルの耳と言えどかすかに聞こえる程度だった。

しかし、聖女の声を一言たりとも聞き逃すわけにはいかない。

『聖女様は、聖女様は何とおっしゃっているのだ……⁉』

フェンリルは集中して聖女の声に聞き耳を立てる。

神聖なる気配を纏う声で、聖女はかく宣っていた。

「モぉぉぉぉぉぉぉぉっフモフぅぅぅぅぅぅぅぅぅぅぅぅぅぅぅぅぅぅぅっ‼」

『……モフモフ？』

とは、いったい？

† † †

カナタの走る速度はまさしく疾風だった。

風魔法を駆使し、空気の抵抗をなくし、その類い希なる脚力と練り上げた歩法により、空を飛ぶ鷹よりも速く平原を駆け抜けていく。

王都には疾風のメリッサとあだ名されるギルドの受付兼冒険者の女性がいるが、彼女がこの速度を見れば、疾風の看板を下ろさせてくれと泣いただろう。

『か、カナタぁぁぁぁぁぁぁぁぁぁぁぁぁっ!? ど、どこへ行くのだ!? 余に事情を説明するのだぁぁぁぁぁぁぁぁぁぁぁぁぁぁぁぁっ！』

振り落とされないように必死でカナタの頭につかまりながら、ザグギエルが叫ぶ。

「モッフモフぅぅぅぅぅぅぅぅぅぅぅぅぅぅぅぅぅぅぅぅぅぅぅぅっ‼」

しかしカナタの耳には届いていないのか、ザグギエルを落とさない最低限の配慮以外は、遥か前方にいる何者かに集中している。

「くんくん、近い、近いよ……！」

鼻を鳴らして目標の接近を確認するカナタに、ザグギエルは呆れる。

『貴公は犬か……』

神狼ですら詳細な位置が分からなかったところを、こうして正確に探り当てているカナタの嗅覚は犬どころではないのだが、これもモフモフ愛の為せる業なのだろうか。

モフモフに限定して、今日のカナタの鼻は冴え渡っていた。

匂いを頼りに、野を駆け、森を越え、小川を跳び越え、山も飛び越え、谷も飛び越え、本来の旅のルートを大きく逸れて、カナタは爆走する。

そして――

「モぉぉぉぉぉぉっフモフぅぅぅぅぅぅぅぅぅぅぅっ‼　見つけたぁぁぁぁぁぁぁぁぁぁぁぁぁぁぁぁぁぁぁぁぁぁっ‼」

ずざざざぁっ、とブレーキをかけたカナタの前には、目を点にした二匹のゴブリンがいた。

長い棒をふたりで前後に抱えて、その中央に白い毛玉がくくりつけられている。

『な、なんだべ、おめー⁉』

『どど、どっから現れただ⁉』

突然現れた人間の少女に、ゴブリンたちは驚愕した。

こんな森の奥に人間が現れること自体が珍しい。

それもこんな若い少女がたった一人でやってくるなど、自殺行為だ。

だが、目の前の少女から得体の知れない威圧感のようなものをゴブリンたちは感じていた。

『ににに、人間が、オラたちに何の用だ！』

『やるっていうなら、オーガ様が相手になるだよ！』

精一杯威嚇するが、黒髪の少女は気にした様子もなく、微笑みを湛えたままこちらに歩み寄ってくる。

『ちちち、近づくな！』

『ま、まさか、この肉が目当てだか⁉　駄目だべ！　この肉はオラたちの食糧だべ！　オーガ様のところへ持っていかないと、オラたちが殺されるんだべ！』

「…………」

一見するとただのか細い少女にしか見えないが、その体に纏う圧倒的強者のオーラがゴブリンたちを立ちすくませる。

気がつけば肩に乗せた棒が軽い。

捕まえていたはずの白い毛玉が、少女の片腕に抱えられていた。

ほどかれた縄が遅れて地面に落ちる。

『い、いつの間に……⁉』

『動くところすら見えなかっただ……⁉』

白い毛玉を抱えたまま、カナタが右手を掲げると、まるで巨大な魔獣にのしかかられたような重圧がゴブリンたちを襲った。

『あ、あわわわ……』

『だ、駄目だ……オラたちはここで死ぬんだ……』

ゴブリンたちは恐怖であぶくを噴いて失神しそうになる。

「提案があるんですが」

カナタは手の平を上に向けて、ゴブリンたちの前に差し出した。

『『………？』』

重圧で呼吸も出来なくなったゴブリンたちが訝しんでいると、カナタの手の平の上に黒い穴が出現し、食パンと卵とハムが落ちてきた。

「物々交換しましょう」

† † †

『う、うめえ！　なんだべさー⁉　これなんだべさー⁉』

『人間はこんなうめえもん食ってるべか⁉』

カナタが作ったホットサンドを貪りながら、ゴブリンたちは涙した。

焼くか煮るかしか知らないゴブリンたちには未知の美味である。

先ほどまでの恐怖など忘れて、心ゆくまでホットサンドを楽しんだ。

「ふふー、交渉は成立です。この子はもう自由にしていいですね？」

大人しくしている白い毛玉を指しながら、カナタはゴブリンたちに確認を取る。

『と、カナタは言っている』

カナタの言葉をザグギエルが翻訳すると、ゴブリンたちはすかさず答えた。

『『どうぞどうぞ！』』

お土産にたっぷりのホットサンドを持たせてもらったゴブリンたちは、嬉しそうに去っていった。

『あの程度の小鬼、倒してしまえば簡単なのだろうが、そうはせず平和的にことを収める。カナタのその理智と慈愛には敬服するばかりだ。余も王として見習わねばな』

「えへへ、ザッくんに褒められちゃった。あ、それよりこの子だよ」

カナタは改めて、助け出した白い毛玉をのぞき込む。

先ほどまで汚れていた体はカナタの魔法によって洗浄されており、見事な白銀の毛を輝かせている。

見たところ怪我もしていないようだったが、念のために回復魔法もかけておいた。

元気になっているはずだが、白い毛玉はプルプルと震えるばかりである。

「……大丈夫？　捕まえられて怖かったのかな？」

『なんだ、こやつは。弱そうな魔物であるな』

お前がそれを言うのかというツッコミを入れる者は誰もいない。

カナタがザグギエルと一緒に震える毛玉を見守っていると、それは不意にもぞりと顔を上げた。

深い海のように蒼い瞳が二つ、カナタを見上げている。

『お、おお……。やはり……間違いない……』

カナタと目が合うと、白い毛玉は蒼い瞳から滂沱と涙をこぼれさせた。

「えっ？　えっ？　どうしたの？　どこか痛いの？　魔法が効いてなかったのかな」

さすがのカナタもいきなり泣き出すとは思っていなかったため、白い毛玉の突然の変わり様にたじろぐばかりだ。

そんなカナタを前に、白い毛玉は感極まって飛び上がった。

『聖女様ぁぁぁぁぁっ！　一日千秋の思いで探しておりましたぁぁぁっ！　ようやく、ようやく、お会い出来たのですねぇぇぇぇぇっ‼』

「おお⁉　モフモフが自分から⁉　モテ期⁉　モフモフモテ期なの⁉　魔物使いってすごい！」

尻尾をブンブンと振って胸の中に収まった白い毛玉に、カナタはキュンキュンした。

† † †

「は、はわわ……モフモフ……白くて柔らか……しっぽふりふり……可愛い……可愛い……」

胸に飛び込んできた白モフに、カナタは感動で身を震わせた。

幼い頃からモフモフに触れようとするたびに逃げ回られていたカナタにとって、モフモフが自ら尻尾を振って接してくるなど、想像もしていなかった驚きだ。

カナタの思考はモフモフの柔らかさを感じること以外に、どこにも向けられなくなっていた。

『聖女様！　お会いしたかった！　お会いしたかったのです！』

キャンキャンと鳴きながら、白いモフモフは念話でカナタに喜びを伝えてくる。

ただの動物が魔力を必要とする念話を使えるはずがない。

何より動物であれば、カナタが無意識に発している強者の威圧に耐えられずに逃げ出していただろう。

この白モフが何らかの魔物であったとして、いったい何者なのだろうか。

【伝説の魔物使いアルバート・モルモが記したモンスター辞典（全部含めてタイトル）】を読み込んだカナタでさえも知らない新種のようだ。

『聖女様ーっ‼　聖女様ーっ‼』

しかも、この白モフな魔物は何か勘違いをしているようだ。

感極まった様子でカナタのことをしきりに聖女様と呼んでくるが、カナタは聖女の職業を選んでいない。

記憶を振り返っても、この白モフと出会ったのが今日が初めてであることは間違いない。

こんなに愛らしい白モフと過去に出会っていたら、カナタの永久記憶に焼き付いているはずだ。

おそらくこの白モフは、カナタのことを誰か別の人間と勘違いしているのだろう。

「白……モフ……かわ……かわわ……」

しかし、ゾンビ並みに思考力が落ちたカナタにはそんなことを考えている余裕はない。

ただただモフモフの感触に幸せを感じるばかりだ。

『我です！　あなたの忠実なる従僕です！　お願いします！　また我の名を呼んで下さい‼』

白モフはしゃがんだカナタの胸に飛び込んだまま、ぐりぐりと顔を押しつけ、尻尾を捻挫しそうな勢いで振りまくっている。

そのふたりを見て、ぐぬぬと憤る者がいた。

『ぬぉいっ！　貴様ぁっ！』

先住モフモフのザグギエルである。

『余の主になれなれしいぞ！　離れよ！』

カナタの頭上から、フシャーッ！　と毛を逆立てて威嚇する。

その怒気を感じて、ようやく白モフがカナタの胸から顔を上げた。

『……む、なんだ、この黒い毛玉は？』

『け、毛玉!?　そう言う貴様こそ、白い毛玉だろう！』

『誰が毛玉だ！　無礼な毛玉めが！』

『だから貴様も毛玉だろうがぁぁぁぁぁっ！』

キャンキャンメウメウと吠え合う二匹。

一向にカナタから離れようとしない白モフに業を煮やしたザグギエルは、カナタの頭から飛び上がり、太陽を背に急降下する。

『言って分からぬ愚か者めが！　食らえい！』

体を丸めて回転力を加え、黒い球体と化したザグギエルは、渾身の体当たりを白い毛玉にお見舞いした。

『ぬうっ！　やる気か！』

そして、黒い毛玉は白い毛玉にぽよんと柔らかく当たってちょっぴり跳ね上がり、もう一度落下して同じくカナタの腕の中に収まった。

『このっ！　このーっ！』

『聖女様から離れろ、この毛玉！』

『うるさい！　それはこちらの台詞だ！』

『慮外者ー！』

『無礼者ー！』

短い手足をばたつかせながら、二匹はカナタの胸の中で暴れる。

「ほ、ほわわわわわっ……！　ダブルでモフモフ……⁉　そ、そんな、そんなことって――」

両手に花ではなく両手にモフモフとなり、カナタの幸福は最高潮に達した。

「あ、ああ……もう、駄目……」

そして何かがぷつりとキレる音がした。

「ふ、ふ、ふ、ふふふふふふ……」

『『……ふ？』』

カナタの異変に、争っていた二匹がキョトンと顔を上げる。

『どうした、カナタ？』

『如何なされました、聖女様？』

つぶらな瞳で見上げてくる二匹の愛らしい姿に、カナタの理性は沸騰して、気化して、消滅した。

「ふ、ふふ、ふたりが、ふたりが悪いんだからね……」

『……？』

『はっ⁉』

キョトンとしたままの白モフに対して、その言葉に聞き覚えがあったザグギエルはビクッと体を震わせる。

『い、いかん！　カナタよ、落ち着け――』

『せ、聖女様？　我(われ)が何かお気に障ることでも――』

声をかける二匹に、爛々(らんらん)と輝くカナタの瞳が向けられる。

カナタの呼吸は荒く、興奮で汗をかいている。

見開かれた目は赤く、暴走状態にあるのは明らかだ。

「はぁ……はぁ……。ダブルでモフモフ可愛いなんて……そんなの、そんなの耐えられるわけないじゃない……！」

『や、やめよ、カナタ！　そのようなこと、婦女子がすることでは――』

『聖女様⁉　聖女様⁉　何をなさる気ですか⁉』

必死で訴えかける二匹の姿は、カナタにとって逆効果だった。冷静になるどころかさらなる興奮を呼び起こす。

「ふたりがそんな愛らしい姿で、わたしを誘惑するからぁぁぁぁぁぁぁぁぁっ‼」

ズゾゾゾ‼

ダブルで吸引。

それは人にはとても見せられない光景だった。

カナタは思う存分、二匹を吸いに吸いまくる。

『ぬわぁぁぁぁぁぁぁぁぁぁぁぁぁぁぁぁぁぁぁぁぁっ⁉』

『のぉぉぉぉぉぉぉぉぉぉぉぉぉぉぉぉぉぉぉぉぉぉっ⁉』

人里離れた森の奥深くで、メゥウウウウウウウッ！　キャフゥウウウウウウウッ！　とふたつの悲鳴がこだまするのだった。

† † †

「ふんふふふ～♪」

思う存分、二匹のモフを吸い尽くしたカナタは、ツヤツヤになった顔に笑みを浮かべ、上機嫌で森の中を歩いていく。

『『……………』』

そのカナタに抱きかかえられた白黒の毛玉たちは、ぐったりと力尽きていた。

いったい、いかなる扱いを受けたのか、二匹の毛並みはしんなりと湿っている。

『……先ほどの聖女様の行為は、いったい……？』

未だ放心した様子で、白モフはつぶやく。

『……ふっ、知らんのか。まだまだだな、新参者』

同じくぐったりしたまま、ザグギエルは鼻を鳴らした。

『き、貴様は知っているのか？　あれが何なのか』

『知っているとも。あれは――』

『あれは？』

食い入る白モフに、ザグギエルは得意げに言う。

『あれは――カナタによる訓練よ』

『く、訓練、だと……？　あれがか……？』

『そう、余を鍛え直すために、カナタはあのような特殊な訓練を唐突に課してくるのだ』

もちろん訓練でも何でもないのだが、ザグギエルの中ではそういうことになっている。

先ほどの訓練によって、今もまたザグギエルは新たな力を手にしたところなのだ。

錯覚だが。

『あの過酷な訓練も、最初から来ると分かっていれば耐えられるのだが、不意打ちで来られると、さすがの余も疲労困憊（ひろうこんぱい）よ。故にカナタはこう言っているのだろう。油断するな。いついかなるときでもそこが戦場であると思って備えよ、と。常在戦場の心得とはまさにこのことよ』

『…………』

的を射るどころか後ろを向いて矢を放つような答えに、白モフは目を閉じて、それから見開いた。

『なるほど……！』

なるほどではない。同類がここにいた。

白モフにはそれが完璧な答えと感じたようだ。

『確かにこの疲れよう、過去の戦いでもこれほど疲弊したことはなかったかもしれない。さすがは聖女様だ！　よもやこのような鍛錬法があったとは！』

『そうだろうそうだろう』

そうだろうではない。よく似たふたりが揃(そろ)ってしまった瞬間だった。

『カナタは凄(すご)いのだ。自慢の主なのだ』

『さすがは聖女様……！　いついかなるときでもご自分のことより周りのことを気にかけて下さる……！　千年経(た)ってもお変わりないようだ……！』

カナタを褒(ほ)め称(たた)える言葉に、違和感を覚えたザグギエルは片耳を動かした。

『……千年だと？　何を言っている、カナタはまだ十五歳――』

『はっ！　こうしている場合ではなかった！』

白い毛玉は、カナタの腕から身をよじってその場に飛び降りた。

ぽよんと跳ねて着地したときにはカナタの前で、神妙にお座りしている。

「ほわわっ……！　お座り……！　お座りしてる……！」

『聖女様、先ほどは失礼をいたしました！　久方ぶりにお会い出来た喜びで我を失っておりました！　本来ならば、我がお迎えに参らねばならぬところを、聖女様自らお出迎え頂き、誠にありがとうございます！』

ぺこりと頭を下げる白モフに、カナタはキューンと胸を押さえる。

「くぅっ、お辞儀わんことか最高かよ……！　いえいいえ、失礼どころか、結構なお点前(てまえ)で……。こちらこそありがとうございますありがとうございます」

ナムナムと白モフのご尊顔に手を合わせるカナタ。

お座りした白モフの可愛さに抱きしめたくなるが、今のカナタはたっぷりとモフったあとなのでやや賢者モードだ。

カナタは改めて自己紹介をすることにした。

「わたし、カナタ！　初めまして！　この子はザッくん！　よろしくね！」

カナタに抱き上げられたザグギエルは、ふんすと鼻を鳴らす。

『貴様がカナタの力になれるとは思えぬし、カナタには余がいれば充分と思うが、それを決めるのはカナタだ。仲間になりたいというのなら、それ相応の覚悟はするのだな。余は厳しいぞ』

先輩としての威厳を保とうと、ザグギエルは精一杯体を大きく見せるべく胸を反らす。

しかし白モフの意識は、先輩風を吹かすザグギエルにではなく、カナタの自己紹介に向けられていた。

『は、初めまして……？』

ショックを受けたように、声が震えている。

「うん、初めまして！」

『そ、そんな……!?』

白モフは愕然(がくぜん)としたあと、よろよろとカナタの足元に歩み寄ってきて、後ろ足で立ち上がる。

『初めましてではありませぬ、聖女様！　我です！　神狼フェンリルです！　長き旅を共にした我をお忘れですか⁉』

「二本足で飛び跳ねてる……！　か、可愛い……！」

必死で訴えかける白モフだが、当のカナタは別のところに注目していた。

ぴょんこぴょんこと跳ねる白い毛玉の姿に、カナタのハートは撃ち抜かれまくりだ。

『聖女様、思い出して下さい！』

「はい、思い出しますっ」

話をちゃんと聞いていないカナタだが、モフモフが望むなら全力で応える気概だ。

「むむむむむ……！」

高性能な記憶力をフル回転させ、過去の記憶を呼び起こす。

『まず過去の偉業と言えば、あれがあります！　アザムト帝国の圧政に苦しむ獣人たちの解放！あのときの聖女様と言えば、何と凛々しいお姿をしていたことか！』

「え？　アザムト帝国？　お隣の国のことだよね？　……うーん、思い出せないかな」

『で、では、ファルクス王国で発生した飢饉に苦しむ民を救ったときのことは⁉』

「記憶に……ないですね」

『干ばつで砂漠化したファーレ大草原に雨を降らせ、多くの渇いた者たちを救ったときのことも⁉』

「知らない子ですね」

『異界の邪神の尖兵を追い払ったことは⁉　勇者と共に暗黒大陸の魔王を倒したことは⁉　さすが

にあの大変な戦いは覚えておいででしょう！』

「ちょっとなに言ってるか分からない」

『そ、そんな……そんなぁ……』

白モフこと神狼フェンリルは、聖女と共に成した数々の偉業を挙げるが、カナタには本当に覚えがなかった。

魔物使いとなって以来、その記憶力の大部分をザグギエルの艶姿（モフモフ）を納めることに費やしているカナタではあるが、それ以前の記憶を掘り返してみても、そんな偉業を果たした記憶はない。

『本当に、覚えておられぬとは……』

耳を垂らして落ち込む子犬のような姿に、カナタはまたムラムラとしてきたが、深刻そうな様子のフェンリルに何とか落ち着きを取り戻す。

「うーん、でもやっぱり初めましてだと思うよ？　そもそもわたし、聖女じゃないし……」

選定の儀でカナタの前に啓示された職業は何千何万とあり、その中には聖女もあった。

しかしカナタの選んだ職業は聖女ではなく、魔物使いだ。

この白モフはカナタのことを誰か別人と勘違いしているのだろう。

『いいえ！　我が聖女様を間違えるはずがありませぬ！　この匂いは確かに聖女様のもの！』

「えっ、匂い？　わたし、臭いかな……？」

『いや、カナタはいつも石鹸（せっけん）の良い香りがするぞ。そこの毛玉は風呂に入っていないのか、少々臭うがな』

クンクンと自分の服を嗅ぐカナタに、ザグギエルはフォローを入れつつ、白モフにマウントを取った。

ほんの少し前まで、自分が草の汁と泥にまみれた汚い毛玉であったことは棚に上げる。

『そうではありません！　聖女様だけが持つ魂の匂いです！　この気高き魂の芳香を我が忘れるはずがない！　聖女様は聖女様です！』

フェンリルは再びカナタの膝に前足を置いて、ぴょんぴょんと飛び跳ねる。

「はわわわ……。尊い……尊すぎる……。こんな尊いものを見て良いの……？　課金、課金したい……！」

『聖女様！　思い出して下さい！　聖女様！』

『ええい、キャンキャンとやかましい！』

すれ違うカナタとフェンリルの間に、ザグギエルが割って入った。

『いい加減にせぬか！　カナタは貴様の言う聖女ではないと言っておるだろう！　先刻も千年と言っておったが、カナタはまだ十五歳だぞ！　それに貴様は知らぬだろうが、死ぬと人の魂は神の養分にされているのだ！　生まれ変わりなど存在しない！　戯言を抜かすな！』

『た、戯言などでは……！　信じて下さい、聖女様！　我は……！』

神と人との関係を知るザグギエルだが、カナタが別世界から転生してきた人間であることまでは知らない。

転生者であるカナタに前世の記憶はあったが、それは病院で管に繋がれてただ生きていた記憶だけだ。

フェンリルの言う人物であった記憶は、カナタにはない。

『……本当に、覚えておられぬのですね……』

カナタの困った表情から、本当に自分のことが記憶にないのだと悟り、フェンリルはカナタから一歩下がってうなだれた。

「………」

カナタはフェンリルの前にしゃがんだ。

手を伸ばして、しょんぼりと三角耳を伏せるフェンリルの頭を優しくなでる。

「ごめんね。本当に知らないんだ。でも、あなたが嘘(うそ)を言ってるなんて思ってないよ」

自分に前世があるのだ、前世の前世があってもおかしくはない。

魂の移動が異なる世界の間で起きるのなら、聖女の魂がカナタのいた世界に転生している可能性もゼロではない。

カナタにその記憶はないが、フェンリルと聖女の間にはとても大切な思い出があったのだろう。

千年もの間、大切な人を探し続けたフェンリルの悲しみをカナタは分かってやることが出来ない。

それでも、こうして手を差し伸べてやることは出来る。

「わたしは聖女じゃないけど、あなたと仲良くなりたいな。一緒に色んなところを旅して、これから思い出をたくさん作ろうよ。それじゃ駄目かな……?」

うつむいていたフェンリルは顔を上げてカナタを見た。

『……ああ、その優しい瞳は……やはり……』

フェンリルは微笑むカナタの瞳を見て、古く沈んでいた記憶を鮮烈に思い出した。

風に長い髪をなびかせながら、屈託のない微笑(ほほえ)みを向けてくれる少女。

あの原風景から神狼フェンリルの旅は始まったのだ。

そして同時に、生まれ変わる前の主の旅路を思い出す。

彼女は沢山の人を救うばかりで、彼女を救ってくれる者は誰もいなかった。

救って、救って、救って、最後の別れの瞬間まで、彼女は誰かを救っていた。

前世の記憶をなくし、聖女の役目から解放された今こそ、彼女自身が救われる人生であってもいいのではないだろうか。

その幸せを守ることこそが、自分の役目なのではないだろうか。

聖女だから彼女に仕えたわけじゃない。

あの優しい少女だったからこそ、自分は仕えると決めたのだ。

たとえ姿や名前が変わろうとも、この少女こそが、フェンリルがずっと探し求めていた主なのだ。

世界のために彼女を守るのではなく、今度は彼女のために彼女を守ろう。

決意を胸に、フェンリルはピンと三角耳を立てる。

『聖女様……いえ、カナタ様！　やはり我は間違っておりませぬ！　我のことを覚えておられずとも、我がお仕えするのはあなただけです！』

「それって、わたしの仲間になってくれるってこと？」

『はい！　あなたの居る場所が、我の在るべき場所です！　どうか、今一度このフェンリルを従僕として下さい！』

「本当⁉　すごく嬉しい！」

カナタはフェンリルの申し出に、喜んで両手を広げる。

フェンリルはその胸に躊躇なく飛び込んだ。

『必ずお役に立ってみせますぞ！　カナタ様！』

「うん！　これからよろしくね！　フェンフェン！」

『……フェンフェン？』

「そう、フェンフェン！　仲間にはニックネームを付けるのが魔物使いの常識なのです」

むふー、と自信を持って言うカナタ。

その常識とやらは生まれ変わる前のカナタの、しかもゲームの常識なのだが、そんなことを知らないフェンリルは苦悩するように目を閉じている。

『むむ……』

『ふっ、無理もなかろう』

ザグギエルは自らが名付けられたときのことを思い出す。

いきなりザッくんと呼ばれたときは戸惑ったものだ。

自称とは言え、相手は神狼を名乗る魔物だ。フェンフェンなどという威厳の欠片もない名前には抵抗を覚えて当然と言えた。

『だが、この試練も超えられぬようであれば、カナタの従僕を名乗る資格はないぞ』

やはりカナタには余こそが相応しき魔物であるな、とザグギエルは頷いた。

一方フェンリルは深く瞑目したままだ。

『フェンフェンですか……』

「うん、フェンフェン！」

嬉しそうにその名を呼ぶカナタに、フェンリルはカッと目を見開いた。

あまりにふざけた名前に怒ったのだろうか。

ザグギエルはフェンリルがカナタに何かしでかさないかと警戒する。

フェンリルは目を見開いたまま、背筋をピンと伸ばし、尻尾を千切れんばかりに振った。

『畏まりました！　神狼フェンリルの名は捨てます！』

いっそ清々しいまでの潔さで、フェンリルは告げる。

『我は今日よりカナタ様の第一の従僕フェンフェン！　身命をカナタ様に捧げることを誓います！』

『な、なんと……！　それで良いのか貴様……！　フェンフェン、フェンフェンだぞ……!?』

ザグギエルはフェンリルの潔さに戦慄した。

この新入り、やる……！

『いや、それより第一の従僕とは聞き捨てならん！　余こそがカナタの第一の従僕であるぞ！　貴様は二番だ、二番！』

『む、そう言えばお前は何だ。先ほどからカナタ様の周りをウロチョロと……。弱そうな毛玉が、カナタ様の従僕を名乗るとは不敬だぞ』

『だから貴様も毛玉だろうが！　それにこれは余の真の姿ではない！』

ザグギエルは憤ると、カナタの肩から飛び降りる。

『力の差が見抜けぬ愚かな貴様に改めて教えてやろう。余の名はザグギエル！　戦乱の世にあった暗黒大陸を統一し、長きにわたって治世した魔王よ！』

飛び降りながら変化を解いたザグギエルが、黒い光を放ちながら姿を変える。

光が収まったとき、そこには長身の美丈夫が黒いマントを纏って立っていた。

その武威と膨大な魔力が颶風(ぐふう)を巻き起こし、フェンリルをころころと転がした。

『ま、魔王だとう⁉』

「左様、貴様のような自称神狼とは違い、余は本物の魔王よ」

『ば、馬鹿な……！　魔王が何故(なぜ)こんなところに……⁉』

「ふっ、それはカナタとの奇跡の出会いを経て、強い絆(きずな)を結んだからで――」

得意げにそこまで言ったところで、ザグギエルは背中に視線を感じた。

「……じ～～～～」

振り返れば、カナタが半眼でじっとりとした視線をこちらに向けている。

「……どうした、カナタ？」

「じ～～～～～」

「今、余は此奴に格付けをしているところなのでな。話があるのなら後で……」

「じぃ〜〜〜〜〜〜〜〜〜〜っ」

「………………」

カナタの目は明らかに不満げで、それはどうやらザグギエルの名乗りに問題があるようだった。

ザグギエルは焦った様子で前に向き直り、宣言した。

「よ、余の名はザッくん！　魔王ザグギエルなどではない！　カナタを慕うただ一匹の魔物よ！」

そして美青年から黒い毛玉猫に姿を戻し、後ろをチラリと見る。

「うふふー。ザッくんはザッくんだもんね」

どうやら正解だったようだ。

機嫌が戻ったカナタに、ザグギエルはホッと息をつく。

カナタはザグギエルの元の姿が好きではない。好きではないというか、この毛玉の姿こそがザグギエルの正しい姿であると認識している。

前に真の姿を取り戻したときは、髪の毛に触れるまで自分がザグギエルであると認識すらしてもらえなかったくらいだ。

『か、カナタ様⁉　いったいどういうことなのですか⁉　魔王と行動を共にするなど！　こやつは世界の大敵ですぞ！』

フェンリルは短い前足でザグギエルを指し、カナタに訴えかける。

『ふん、いま言ったとおりだ。余はもう魔王ではない。ただのカナタの従僕よ』

『な、なんと……！　魔王が、その立場を捨てるとは……！』

フェンリルはのけぞり、そして目を輝かせた。

『さすがはカナタ様です！　まさか邪悪の権化たる魔王すらも改心させてしまうとは！　やはりあなたこそ、真の聖女様です！』

「いーえ、魔物使いでーす」

カナタは言って、白黒の毛玉を抱き上げる。

「聖女だったら、こんなモフモフなことは出来なかったもんね。魔物使いで良かったぁ。もふもふもふもふもふもふっ！」

二匹の間に顔を突っ込み、カナタは思う存分、毛並みを味わう。

ザグギエルはサラサラとした触り心地で、きめ細かい毛並みにしっとりとした冷たさも感じる。

フェンリルはフカフカとした触り心地で、まるでタンポポの綿毛のようにふんわりと温かい。

どっちも違って、どっちもいい。

カナタは幸せの絶頂にあった。

『ふん、百歩譲って貴様が仲間になるのは認めてやろう。他ならぬカナタが認めているのだからな。だが、第一の従僕というのは認めん！　最初に仲間になったのは、余なのだからな！』

『出会いの順番を言えば、我は千年前からカナタ様の従僕だ！　何より順番など、たいした問題ではない。これからの働き如何(いかん)によってどちらが第一の従僕か分かるだろう！』

『ぐぬぬ……！』

『むぬぬ……！』

顔を突きつけて睨み合う二匹と、その間に挟まって幸せそうな笑顔を浮かべる少女という、非常に理解に苦しむ光景を見る者は誰もいなかった。

第2話　村の危機？　いいえ、モフモフチャンスです！

『ところで、カナタ様。ここはいったいどこなのでしょう？』

『カナタの思うままに駆けてきたゆえ、余も帰りの道は覚えておらんな』

西の聖都から逃げてきたフェンリルは途中で川に転げ落ちて流されたうえに、ゴブリンに捕まって連れ回されていた。当然、道など分かるはずもない。

「もちろんわたしも分からないよっ。モフモフの匂いに釣られて走ってきただけだからねっ」

カナタの肩に乗って飛ばされまいとしがみついていたザグギエルも同様だ。

詰まるところ、彼らは迷子だった。

『そろそろ日も沈もうとしている。余としては野宿は避けたいところだが……』

『うむ、我々は良いが、カナタ様にそのようなことをさせるわけにはいかないからな』

「わたしは良いけど、ザックんとフェンフェンはフカフカベッドで寝させてあげたいもんね」

カナタが魔法で生み出したアイテムボックスには寝袋やテントも入っているため、野宿をしようと思えば出来る。

ギルドでたびたび世話になった受付嬢メリッサ一押しの品だ。

『おい、白毛玉。貴様、狼なのだろう？　ならば鼻が利くだろう。人里の匂いを嗅ぎ分けろ』

『うるさい、黒毛玉。この体になってから、鼻の調子が悪いのだ。お前こそ魔王ならば、魔法で何とかしてみせろ』

ぐぬぬ、とカナタを間に挟んで火花を散らし合う。

「はー、ケンカするモフモフ可愛い……」

カナタは相変わらずだった。

このままでは夜になっても街道を見つけるのは難しいだろう。野宿は避けられなそうだ。

しかし、その予想は大きく外れることになった。

遠方から轟いてくる馬の足音に一人と二匹は気づく。

かなりの速度で走っているのか、未だ距離が遠いにもかかわらず、しっかりとその音は聞こえてきた。

「人の声も聞こえるね。車輪の音も混ざってる。馬車かな」

二匹の獣よりも優れた耳で、カナタは駆けているであろう馬の集団の方向を向いた。

『カナタ様、通行人ならば、馬車に乗せてもらえるかもしれませんぞ!』

『乗せてもらえずとも、人里までの道くらいは教えてもらえるだろう。少なくとも足音の方向へ向かえば道には出られるはずだ』

「だね! 行ってみよう!」

カナタは二匹を抱え、暗くなり始めた森の中を駆け抜けた。

† † †

「ひゃっはー‼　その馬車を置いてけや、ジジィ～‼」

「こ、この馬車の荷は、村へ届けねばならんのじゃ！　明日への希望なんじゃー！」

「うるせー！　知るかー！　命が惜しけりゃ、馬を止めやがれー！」

「金目のものなんか何もないんじゃ！　諦めて帰ってくれー！」

「金目のものかどうかは俺らが見て決めるぜ！　止まれジジィ～っ！」

「い、いやじゃー‼」

老人が操る幌（ほろ）付き荷馬車を、十数人の男たちが追いかける。

薄汚い格好でたいまつを持ち、もう片方の手には物騒な得物を携えている。

「バイコ！　頑張るのじゃ！　このままでは追いつかれてしまうぞい！」

老人は手綱を振って馬を急（せ）かす。

しかし、積んでいる荷が重いのか、走って追いかけてくる盗賊たちを引き離すことができないでいる。

道がそれほど整地されていない畦道（あぜみち）であることも一因だろう。

車輪の軸はがたつき、嫌な音を立て始めている。

このままでは追いつかれるのは時間の問題だった。

「あの馬、なかなか頑張りやがるぜ！」

「……なぁ、あの馬、なんか山羊みたいな角が生えてないか？」

「ああ？　薄暗くてよく分かんねぇよ」

青黒い毛並みの馬は、バヒンバヒンと息を荒くしながらも、畦道を力強く踏み、盗賊が馬車に乗り移るのを何とかしのいでいた。

だが、それももう限界のようだ。徐々に速度が遅くなっている。

盗賊たちもそのことに気がついていた。スパートをかけて、馬車に肉薄する。

「追い剥ぎ歴十年を舐めるんじゃねぇぜぇ～！」

「「ひゃっはー！」」

先頭を走る盗賊の指が、荷馬車の後ろにかかりそうになったそのときだった。

「こんにちはー」

少女の涼やかな声が真横から聞こえた。

「えっ？」

黒髪の少女が併走している。

まるで風に乗って浮かんでいるような静かな走り方だ。

「な、なんだお前ぇ⁉」

盗賊の誰何に、少女はにっこり笑って答えた。

「通りすがりの魔物使いです」

「ま、魔物使い？　い、いや俺はどこから現れたのか聞いてるんだが……」

「あっちの方ですね」

こんな森沿いの畦道になぜこんな少女がいるのか。どうやって足が自慢の盗賊団に追いつき、当たり前のように挨拶してくるのか。

まるで意味が分からなかった。

「ちなみに、今は何をしてるんですか？」

「は、はぁ⁉　見て分からねぇのか！　俺たちゃ盗賊！　追い剥ぎだよ！　というか、何なんだお前は⁉　邪魔する気か⁉」

「邪魔というか、道を教えてもらいたくて」

「面倒だ！　この女もさらって売っちまおうぜ！」

「「「ひゃっはー！」」」

各々の武器を振り上げ、盗賊たちは叫ぶ。

「なるほどなるほど、あなたたちは悪い盗賊さんなんですね」

「だから、そう言って――」

ぷんっ、という空気が高速で擦れる音が聞こえたかと思ったら、少女の姿がかき消えた。

煙のように消えた少女に驚くと同時に、近くにいた盗賊が意識を失ってその場で崩れ落ちる。

「えっ⁉」

後方に転がり消えていった仲間を目で追いかけ――その盗賊が見た景色はそれが最後だった。

その盗賊もまた首筋に衝撃を与えられ、一瞬で意識を絶たれる。

「な、なんだ⁉　何が起こってるんだ⁉」

たいまつを振り回すが、そこには何もいない。

次々と盗賊たちが倒れていく様を見せつけられていくだけだ。

少女によって行われたのは一方的な蹂躙（じゅうりん）である。

彼らが全滅するまで、十秒もかからなかった。

捕縛されギルドに突き出された盗賊たちは、のちにこう述懐している。

「ええ、影です。俺たちのたいまつが照らす薄暗がりの森の中を、黒い影だけが素早く飛び回って、音もなく俺たちを気絶させていったんです」

「正確に首筋を、気を失うだけの最小限の威力だけで打ち抜いていった。俺は盗賊になる前は闘技場でそこそこ名の売れた拳闘士だったんだ。だから、あの打撃がどれほどのものか分かる。あんな神業、人間に出来るわけがない。あれはきっと、森の精霊だったんだ！」

「すみませんごめんなさいもうしませんくいあらためますゆるしてくださいしにたくないたすけて」

盗賊たちの証言をまとめたメリッサは、調書を閉じ、深く溜息（ためいき）をついたそうな。

† † †

ついに馬は力尽き、馬車がその車輪を止める。

「ここまでか……。すまぬ、みんな……！　荷は届けられんかった……！」

御者席に座っていた老人は手綱から手を離し、諦めの溜息とともに、馬車から降りる。

そこには下卑た笑みで待ち構える盗賊たちが――いなかった。

「な、なんじゃ？」

よくよく見れば、道の向こうに点々と盗賊たちが倒れている。

「い、いったいこれは……!?」

驚く老人の前に、馬車の陰からひょっこり顔を出した少女がいた。

「のわっ!?」

「大丈夫ですか、おじいさん」

驚いて腰を抜かした老人にカナタは手を差し伸べる。

「こ、これはあんたがやったのか……？」

「はい、おじいさんが襲われているように見えたので」

「ありがとう、助かったよ……。お嬢さん強いんだなぁ。こんなに沢山の盗賊をあっという間に……。いったい何の職業なんだい？」

「魔物使いです」

「ま、魔物使い!?」

老人が驚く様子はいつもの人たちと同じだったが、その後に続く言葉が違った。

「わ、わしも魔物使いじゃ！」

† † †

街道に戻った馬車が、ゆったりとしたペースで進む。

馬車の後ろには老人のロープで数珠繋ぎにされた盗賊たちが、列をなして行進している。心を完全に折られた彼らは非常に従順だ。

カナタに助けられた老人は礼がしたいと、村へと招待した。

宿を探していたカナタたちにとっては渡りに船だ。老人の厚意に甘えることにした。

「この年になって、わし以外の魔物使いを初めて見たよ。しかもこんなに強い魔物使いとは、常識外れのお嬢ちゃんじゃのう」

「カナタ・アルデザイアです。よろしくおねがいしますねっ」

馬車の御者席に並んで座った二人は握手を交わした。

「ほっほっ。あれほどの数の盗賊を仕留めた強者とは思えん可憐さじゃ」

『余はザックん。カナタの従者をやっている』

『我はフェンフェン。同じくカナタ様の従者だ』

カナタの両肩に乗った白黒の毛玉が老人に挨拶する。

「ほほう、わしも見たことのない魔物じゃのう。念話まで使いこなすとは、なんとも珍しい。よほど高位の魔物のようだが……」

魔物使いとしての血が騒ぐのか、老人はザグギエルとフェンリルを興味深げに眺める。

『よく分かっているようだな、ご老公』

『ふっ、隠しきれない我の強さを感じ取るとは。翁はさぞかし高名な魔物使いと見た』

高位と褒められたザグギエルとフェンリルは、カナタの肩の上で得意げになった。

「おっと、わしの自己紹介を忘れておった。わしの名はアルバート・モルモじゃ。人はわしのことをモンスターおじいさんと呼ぶよ。そっちの馬に見える魔物はバイコーンのバイコじゃ」

「ヒヒーン！」

モルモ翁の紹介に応えるように、二本の角の生えた馬がいなないた。

『ほう、礼儀正しいではないか、バイコとやら』

『同じ魔物使いの従僕同士、仲良くしよう』

「ヒヒン！　ヒヒーン！」

ザグギエルたちはバイコの言葉が分かるのか、三匹で話し始めた。

一方カナタはカナタで、老人の名乗りに驚いていた。

「アルバート・モルモ⁉」

カナタは慌てた様子で、アイテムボックスから古びた本を引きずり出す。

「こ、ここ、この本！」

「おや、それはわしが昔自費出版したモンスター図鑑じゃないか。若気の至りで一冊だけ書いたが、流れ流れてお嬢さんの手に渡っておったのか。いやはや、恥ずかしい」

「ふぁ、ファンです！　サインください！」

「お、おう？　わしの名前なんぞで良ければ……」

「やったー！」

カナタがモフモフのこと以外で喜ぶ珍しい光景だった。

この【伝説の魔物使いアルバート・モルモが記したモンスター辞典（全部含めてタイトル）】はカナタが幼い頃両親に買ってもらって以来、ずっと愛読してきた大切な本だ。

まさかの作者に出会えたカナタにとっては望外の喜びだった。

サインをもらったカナタはご満悦で本を抱きしめる。

「やっぱり仲間にした魔物には愛称をつけるものですよねっ」

「うむ、その通りじゃ。カナタちゃんは分かっておるのう」

二人はすっかり意気投合した様子で、著書について語り合う。

「魔物を従えるには必ずしも戦う必要はないのじゃよ。ようは主として相応しいかを見せられれば良いのじゃ」

「なるほど、二六〇ページに書かれてあることですね」

「現に、バイコーンであるこの子は森で怪我をしているところを助けてやったら、懐いてわしの魔物になってくれたんじゃ。恩や友誼、何でも良いが、心を通わせることが肝要なのじゃ。それに魔物使いの激減した身体能力では、まともに戦って倒せるのはスライムくらいのもんじゃからのう」

「ふむふむ。なりたがる人が少ないのはデメリットが多すぎるからでしたね」

「この本には書けなかったが、わしが世界中を旅して調べた結果、遠い昔はそうではなかったそうじゃ。あるときから魔物使いになる者は、とある神によって呪いをかけられてしまったと古い文献に書かれてあった。魔物と人が仲良くなるとその神にとってどんな不都合があったのかは知らんが、その日を境に魔物使いになる者はありとあらゆる能力が激減するハズレ職となってしまったのじゃよ。それを知ってなお、あえて魔物使いになろうとする変わり者が、わし以外にもおったとはのう」

「えへー。モフモフのためなら何でもしますとも」

「魔物と人は理解し合える。魔物使いはその橋渡しになれる職業だと思っておるよ。カナタちゃんには沢山の魔物たちと仲良くなってもらいたいのう」

「任せて下さい！　世界中のモフモフと出会ってきます！」

「ほっほっ。頼もしいのう」

胸を叩くカナタに、モルモじいさんは微笑ましげに笑った。ちなみにモフモフの意味は理解していなかった。

にこやかに談笑する二人の魔物使いの後ろでは、二匹の魔物が厳しく声をかけていた。

『キリキリ歩け、盗賊ども！』

『カナタ様のお慈悲によって生かされていることを感謝するのだな』

「「へ、へーい」」

馬車の後ろに繋がれた盗賊たちが力なく答える。

特に盗賊退治の役には立っていない二匹は、幌の上から悠然と彼らを見下ろすのだった。

† † †

日が完全に沈みきる頃には村が見えてきた。

「あそこが、わしの故郷であるマロン村じゃよ。帰ってくるのは久しぶりになるのう」

看板の付いた入り口には大勢の人が集まっていた。

「おお、モルモじいさん！　遅かったから心配していたよ！」

ランタンを持った村人たちが、馬車を取り囲む。

「手紙は受け取ってくれていたようじゃの。遅れてすまんかった。ちと道中で問題が起きてのう」

モルモじいさんが振り返るのに合わせて、村人たちはその視線の先をのぞき込む。

「！　こ、この男たちはいったい⁉」

馬車の後ろに繋がれた盗賊たちを見て、村人たちが驚く。

「こやつらがその問題じゃよ。道中で馬車を襲ってきたんじゃ。じゃが、安心してくれ。この娘さんが退治してくれたおかげで食糧は無事じゃ！」

「こんばんはー。この村には良いモフモフはいますか？」

モルモじいさんの隣に座ったカナタを見て、村人たちは驚きの声を上げた。

「こ、こんな若い少女が⁉　こんなに沢山の盗賊を一人で⁉」

「都会の子って、すごいのねぇ」

「名のある冒険者だったりするのかい？」

村人たちはカナタに感謝と好奇の入り交じった声をかける。

「さぁさぁ、まずは馬車を中に入れさせておくれ。荷も降ろさねばならんし、この盗賊たちもどこかへ縛り付けておかねば」

「しかし、モルモじいさん。今のこの村の状況じゃ、衛兵さんを呼んでくるまでこの盗賊たちを食わせておく余裕はないぞ」

どうやら、この村は食糧難の状況にあるらしい。

モルモじいさんが馬車いっぱいに食糧を詰め込んでやってきたのもそれが理由のようだ。

「あ、それだったら、この人たちはわたしがちょっと行って届けてきます」

「届ける？」

届けるとはいったいどういうことだろう。

村人たちが頭に疑問符を浮かべていると、カナタは盗賊たちに手をかざし、力ある言葉を唱えた。

「わーぷっ！」

次の瞬間、カナタを含めた盗賊たちの姿がその場から消える。

「き、消えたっ⁉　ど、どこへ行ったんだっ⁉」

† † †

「先輩、そろそろあーしは上がりますねー」

書類仕事をこなしていたメリッサの背中に、後輩のギルド職員が声をかける。

「ベラちゃん、今は良いけど、仕事中はちゃんとした一人称を使いましょうね」

「はーい」

聞いているのかいないのか、入社したばかりの後輩にメリッサは軽く溜息をつく。

ベラは愛嬌のある娘で、ミスは多いが冒険者たちからの評判は高い。評判の半分はその豊満な胸だろうが、強面の男たちに対して物怖じもしないので、受付嬢としての素養はあるだろう。

じっくり育てて一人前になったら、彼女に仕事を引き継いで、自分は冒険者業に復帰したいと考えていた。

組んでいたパーティが解散になって、一時的に現場を離れていたときに、人手不足のギルドから職員の仕事を受けたものの、そのままずるずるとこちらの仕事を続けてしまっている。

ギルド職員の仕事は嫌いではないのだが、単純に忙しいのだ。今日も書類を片付けるのに残業している始末である。

冒険者の気ままな暮らしに戻りたいという気持ちは強くある。

昼間からお酒飲みたい。ダラダラ寝こけたい。

三日稼いで四日休む冒険者稼業は、あれはあれで魅力的な生活だった。

「私もこの書類を終わらせたら帰ろうかしら」

「あ、じゃあ待ちますよ。晩ご飯一緒しましょーよ」

「……奢らないわよ」

「えー、けちー」

「まったくもう」

メリッサは苦笑しながら、最後の報告書類を確認していく。

数日前に彗星のごとく現れた期待の新人、いや、規格外の新人がこなした数々の偉業に関する書類だ。

賞金首の巨鳥兄弟の討伐。突如現れたドラゴンの撃退と使役化。王都下水道を全て清掃したうえにその元凶であった死霊を浄化。果ては魔王軍を単独で撃破する……等々、無茶苦茶である。

あまりに騒ぎが大きくなりすぎて、半分始末書のようなものになっている。

「ごはん、どこで食べましょーか？」

「中街に新しいお店が出来たらしいわよ。キノコをふんだんに使ったキッシュが美味しいって聞いたわ」

「おおー、じゃあそこにしましょー！」

「はいはい」

最後の書類を机の上でトントンと整え、引き出しにしまおうとしたところで、目の前に人が現れた。

「あ、メリッサさんだ。ちょうど良かった」

「えっ⁉　か、カナタさん⁉」

驚くメリッサの後ろで、後輩ベラも飛び上がっている。

「え、何このおっさんら。縛られてるんですけど、ワラ」

突然現れたカナタの後ろでは数珠繋ぎになった男たちが周囲を見渡している。男たちにも何が起こったか分かっていないようだ。

「カナタさん、どうしてここへ？　旅に出たんじゃ……」

「はい、順調ですよー」

「それは、良かったですけど……、この人たちは？」

「盗賊さんです」

「盗、賊……？」

メリッサは嫌な予感がした。

具体的には晩ご飯の美味しいキッシュは諦めなければならないという予感だ。

「えっと、マロン村ってところの近くで襲われたんですけど」

「えー、あー、ありますよ先輩。その周辺での目撃情報と被害届が出てます。クエストとして依頼も出ていますね」

「……そう。それで、カナタさんが退治して連れてきてくれたんですね」

「はいっ」

「それはお手柄ですね……」

今さらカナタが何をやっても驚かないが、数十人規模の盗賊狩りは大捕物だ。

今から衛兵の詰め所に連絡して、お小言を聞きながら盗賊たちを牢に入れてもらって、報告書をまとめてカナタにクエスト達成の報酬を支払わなければならない。

「日付が変わる前に帰れるかしら……」

「あ、じゃあ、あーしはこれで……。お疲れ様っすー……」

カバンを抱えて去ろうとするベラの肩をメリッサはがっしとつかんだ。

「逃がさないわよ……」

「ぴえんっ」

地獄の底から響くような声音に、ベラはすくみ上がった。

「それじゃあ、あとはよろしくお願いしますねー」

「あ、カナタさん報酬をお支払いしないと！」

「次に来たときで大丈夫ですー」

そう言うと、カナタはまた魔法を展開する。

「あと、軽くでいいので、経緯を聞かせてもらえると、報告書をまとめるのに非常に助か——」

「……消えちゃった」

再び消えたカナタに、二人は呆然と立ち尽くすのだった。

† † †

「あの娘はどこへ⁉」

「盗賊たちも消えちまったぞ⁉」

混乱する村人たちの前に、カナタが戻ってきた。

「ただいまでーす」

「お、おお、お帰りカナタちゃん。しかしいったい、何をしたんじゃ……？」

「ギルドまで跳んで、盗賊さんたちを届けてきました」

「「「え、えええええええええっ⁉」」」

空間転移は古代の超高等魔法だ。こんな田舎の村人はその存在すら知らない。

『空間転移は余が長年かけて、現代に復活させた魔法なのだがな……。魔王軍を送り返すときに、カナタの前で一度使ったことはあるが、たったあれだけで分析して習得してしまったのか。天性の魔法センスだ』

『さすがはカナタ様です！』

「一度行った場所にしか飛べないのは、やっぱりお約束なんだね」

褒め称えてくるザグギエルたちを抱きかかえる。

『イメージ力が重要であるからな。相当強く念じないと正確な場所へは飛べん。一回目からいきなり成功するカナタは、やはり傑物であるなぁ』
「メリッサさんもお手柄ですねって褒めてくれたし、良いことすると気分が良いねっ」
いきなり大量の盗賊を押しつけられたメリッサは、自らの残業が確定したことに引きつり笑いでカナタを祝福した。
カナタが去った後、隣にいたベラには「良かったたっすね。担当冒険者の活躍で、出世間違いなしですよ。労働時間も倍増ですけど」と言われて、メリッサは大きな溜息(ためいき)をつくのだった。

† † †

「なんとまぁ、あなたは村の恩人です！　ぜひ我が家に泊まっていって下さい！」

そう言ってくれたのは、村長だ。

「風呂も沸かしてありますので、旅の疲れを落としてください」

「お風呂！　やったー！」

『風呂か……』

『カナタ様、我がお背中お流しいたします！』

カナタは喜び、ザグギエルはげっそりし、フェンリルは張り切った。

「さぁさぁ、どうぞどうぞ」

村長に招かれたのは村で一番大きな家だった。

道中村の様子を見たが、特に貧しい印象は感じなかった。

モルモじいさんが食糧を届けなければならないほどの危機に陥っていたとは到底思えないが、何か事情があるのだろうか。

「まぁ、それよりまずはお風呂だよねっ。フェンフェンを綺麗にしてあげなきゃ」

『そ、そんな、カナタ様直々になど畏れ多い』

「遠慮しない、遠慮しない」

『うむ、そうしてやるといい。余は数日風呂に入らなくともなんともないからな。今日のところは遠慮しておく』

「うふふー。駄目でーす。ザッくんもピカピカにしてあげる」

『ぬおお、せめて一人で、せめて一人で入らせてくれー！』

黒白の毛玉を両脇に抱えて、カナタは風呂に突撃するのだった。

† † †

カナタは宣言通り、ザグギエルとフェンリルをピカピカに磨き上げ、お返しに肩車状態になった二匹に背中を洗ってもらったりした。

どちらが上になるかで一悶着あったが、これはまた別の話。

「ふー、良いお湯だったー。村長さんにお礼を言わないと」

風呂から上がって寝間着に着替えたカナタは、自分の髪を風魔法で乾かしながら、二匹をブラッシングしてやる。

『ふぉぉぉぉぉっ、なんなのだ、この言い知れない心地よさはぁぁぁぁっ……⁉』

『貸してやるだけなのだからな。そのブラシはカナタが余のために作ってくれたものなのだからなっ』

そうして、風呂上がりにまったりしていると、部屋の外から怒鳴るような声が聞こえてきた。

「じゃあ、このまま奴らに奪われっぱなしになれって言うのか！」

「そこまで言っておらん。だが、戦力がないまま戦っても意味がないと言っておるのだ」

剣呑な様子で話し合っているのは、村長とその息子のようだった。そばにはモルモじいさんの姿もある。

「モルモじいさんが届けてくれた食糧のおかげでまだしばらくは保つ」

「でも、その後は？　外に食糧を買い付けに行くにも限界がある。この食糧だって、奴らに目を付けられたら根こそぎ奪われちまうじゃないか」

「だから今、村人総出で分散して隠しているだろう。ギルドがそのうち冒険者を送ってくれるはずだ」

「そう言って、もう何ヶ月経つんだよ！」

だんっと村長の息子がテーブルを叩く。

『穏やかではないな』

「いま出ていったら話の邪魔になっちゃうよね。もうちょっとここで見てようか」

『ですな』

カナタたちは廊下の角にこそっと隠れて、彼らの話を聞いた。

口論の内容をまとめるとこうだ。

モルモじいさんが荷馬車で運んできたのは大量の食糧で、彼は元々馬車で世界中を旅しながら魔物の生態を調査していた。

だが、故郷の危機の知らせを聞いて、私財をなげうって食糧を買い込み、村まで帰ってきたらしい。

その危機というのが、ゴブリンによる盗難被害だそうだ。

まだ怪我人などは出ていないが、食糧を頻繁に盗まれるらしい。

被害は徐々に大きくなり、このままだと村が飢えるのは時間の問題だ。

モルモじいさんの食糧のおかげで当面の間は持(も)ち堪(こた)えられるが、これもまたいつゴブリンたちに奪われるかわからない。

ギルドに依頼はしたが、未(いま)だ受けてくれる冒険者は現れない。

ゴブリンは討伐報酬が安いうえに群れるので、リスクに見合わず人気がないからだ。

だが、ゴブリンは元々臆病で一匹一匹はそれほど強くないため、村人たちが戦えば追い払うことは可能なのだ。

しかし、それができない理由があった。

ゴブリンを率いているのが、別種のオーガであるということだ。

家の屋根に届こうかという巨体に、巨木を素手で引き抜くほどの腕力。そんな者がゴブリンの群れを率いてやってきたら、村人たちは家に閉じこもって、魔物たちが立ち去るのを待つしかない。

ギルドがやってくれるのはあくまで冒険者の仲介までだ。職員が担当している冒険者に頼んでくれる場合もあるが、それでも報酬が安ければ受けてはくれないだろう。

決して裕福ではないこの村では、多額の討伐報酬を用意することはできないし、強力な魔物であるオーガを倒せる冒険者も一握りだ。

そんな魔物と戦うのは命がけになる。安い報酬でも快く引き受けてくれるなんて奇特な者は、おとぎ話に謳(うた)われるような始まりの聖女でもなければありえないだろう。

今のところ、村人には怪我人などは出ていないし、連れ去られた女子供もいない。

だが、それも持ち去る食糧がなくなれば話は変わってくるだろう。

代わりに持って帰る肉は家を壊せば簡単に手に入るのだから。

重苦しい溜息をつき、うつむく村長たちの様子を見て、モルモじいさんがおもむろに立ち上がる。

「わしがゴブリンの巣へ行って、話をつけてくる！」

「なっ⁉」

「む、無茶(むちゃ)だ、じいさん！」

鼻息荒く家を出ていこうとするモルモじいさんを二人は必死に止める。

「ゴブリンの巣なんて、そんな危ない場所に行かせるわけにはいかない！」

「食糧まで運んでもらって、これ以上世話にはなれん！」

「この村はわしの故郷じゃぞ！　故郷のために老い先短い爺が命を張って何が悪いんじゃ！」

「そうは言っても、じいさん一人が行ったところでどうにもならないだろ！　魔物使いだからってオーガを手下に出来るのかよ⁉」

「それは……」

　村長の息子に言われ、モルモじいさんは黙り込む。

「話は聞かせてもらいました！」

　そこへ登場したのは、腰に手を当て、五指を突き出す決めポーズのカナタだった。ついでにザグギエルとフェンリルも、カナタの足元で格好良いポーズを取っている。

「あ、ああ、お客さん！　聞かれてたんですか⁉　恥ずかしいところをお見せしてしまって申し訳ない。すぐに食事の用意を……」

　頭を下げる村長に対して、息子は何かを思いついたように瞳を輝かせた。

「そうだ！　あんた、盗賊を一人で退治したって言ってたよな⁉　そんなに強いなら……」

「やめんか馬鹿者！　モルモじいさんの命の恩人だぞ！　そのうえ村まで救ってもらおうなど厚かましい！」

「だけど、誰もクエストを受けてくれないんだ。この人に頼むしか……」

「いくら腕が立つからって、まだこんな若い女の子なんだぞ！　ゴブリンの巣になんて送り込めるわけがないだろう！　モルモじいさんの持ってきてくれた食糧で当座をしのいで、勇敢な冒険者がクエストを受けてくれることを祈るしかないんだ！」

「受けてきました！」

「「「ええええええええええええええええええええ!?」」」

　空間転移でギルドへ向かい、死んだ目で残業をしていたメリッサから意中の依頼書を受け取ったカナタの早業だった。

　ちなみに事情を聞こうとしたメリッサの声は届かず、カナタが去った後、よよよと机に泣き崩れた。

「じゃあ、明日、さっそく行ってきますねっ」

「ほ、本当にいいんですか？」

「いいんですいいんです。情けは人のためならず、情けはモフモフのためなのです」

　ゴブリンの巣で新たなモフモフに出会える可能性はゼロではない。

　それに尊敬するアルバート・モルモが困っているのであれば、同じ魔物使いとして助けないわけにはいかないだろう。

「そ、そんな、こんな何の得にもならないクエストを引き受けてくれるなんて……！」

「ま、まるで聖女だ……」

「聖女様……！」

「いいえ、魔物使いです」

†　†　†

翌日、支度を終えたカナタは村人たちに見送られて、村を出発した。

ゴブリンたちは北の森からやってきているらしい。まずは巣を探すところから始めるべきだろう。

そう思って森に踏み入ってすぐのことだった。

「隠れているのは分かっていますよ。出てきてください」

カナタが大きな樹に向かって話しかけた。

「隠れん坊には自信があったんじゃが、カナタちゃんにはお見通しかのう」

木の陰から顔を出したのは、杖を手にし、鞄を肩にかけたモルモじいさんだった。

『ふ、ふっ。もちろん余も気づいていたぞ……！』

『な、なんだとっ……⁉　くっ、魔王が気づいているのに我が気づけないとは……！　なんたる不覚……！　お許しをカナタ様……！』

「ふふふ、いいんだよぉいいんだよぉ。そのままのふたりでいいんだよぉ」

虚勢に声を震わせるザグギエルと、悔しさで震えるフェンリルを見て、カナタはまなじりを下げる。

『カナタ様……！　なんと慈悲深いお言葉……！　ありがとうございます……！』

『やはりカナタには見抜かれてしまうか……。余も精進が足らんな……』

感動するフェンリルと反省するザグギエルを抱き寄せ、カナタは幸せそうに頬ずりする。

そんなカナタにモルモじいさんが声をかけた。

「カナタちゃんや、わしも連れていってくれんか」

モルモじいさんがゴブリンの巣に向かうのは、村人に止められていたはずだが、こっそり村を抜け出てきたらしい。

「カナタちゃんならきっとゴブリンたちにも負けないじゃろう。じゃが、わしが心配しているのはそのことではないんじゃ」

モルモじいさんは、長年の経験から異変を感じ取っていた。

「ゴブリンは昔からこの辺の山にはよく棲んでいたんじゃが、これまで村人が襲われたことなど一度もなかった。ゴブリンは世間で広まっているような凶悪な魔物ではないんじゃよ」

モルモじいさんは魔物を長年研究してきて、ゴブリンは臆病で戦いを好まないことを知っている。理由もなく人里を襲うような性質は持っていないのだ。

彼らを率いるオーガの話も気になる。ゴブリンとオーガの組み合わせなど聞いたことがない。

「今回の件は明らかにおかしいんじゃよ。ぜひ調査に同行させて欲しい。わしの安全のことは気にせんでええ」

『だが、ご老公、やはり危険ではないだろうか』

『その年ではついてくることもできないのではないか？　無理はせず村で大人しくしているといい。話は帰ってから我が聞かせてやる』

ザグギエルとフェンリルの意見も村人たちと同じだった。山道は険しいし、これから行くのは魔物の巣だ。何が起こるか分からない。

カナタも同じ考えだろうと二匹は主に顔を向ける。

すると、カナタはこう答えた。

「いいですよ！　一緒に行きましょう！」

『『ええっ⁉』』

驚いたのはモルモじいさんも同じだった。

「良いのかの？」

断られるのを承知で頼んでいたのだ。こっそり後をついていこうと考えていたのに、まさか承諾してもらえるとは思っていなかった。

「その代わり……」

「そ、その代わり……？」

モルモじいさんは、どんな無茶な報酬を要求されても、自分で払える限りのものは払おうと覚悟する。

「その代わり、モンスター辞典の二巻を楽しみにしてますねっ。わたしが読者第一号ですっ」

「！　ああ、ああ……！　もちろんじゃよ！　このこともきっと本にしてみせるとも！」

「ではでは、ゴブリンの巣を探しに出発です！」

嬉しさで涙ぐむモルモじいさんの手を引いて、カナタたちは森を進むのだった。

† † †

『ご老公。バイコのやつは連れてきてはおらぬのか』

「あいつも年じゃからのう。村で休ませておるよ。遠いところから村までよく走り抜けてくれたものじゃ」

『なるほど。それにしても翁（おきな）よ。意外に健脚だな。カナタ様の足に遅れていないとは』

「魔物使いはあらゆる能力が一般人以下まで落ち込むからのう。その分鍛えて補わなければならん。わしも若い時分から相当鍛え込んだものよ――あいたたたたっ」

言ったそばから腰を痛めたのか、モルモじいさんはその場にうずくまる。

『ご老公、余の肩を貸そう』

『否（いな）、我の背に乗るがいい』

モルモじいさんに敬意を表したザグギエルとフェンリルは、モルモじいさんを運ぼうと互いに力を貸そうとする。

だが、非力なふたりが老人とは言え一人の男の体重を支えられるわけがなく、乗った瞬間ぺしゃりと潰れてしまう。

「ザッくん、フェンフェン、がんばれー！」

カナタはそんな二匹を応援した。

それは極大の支援魔法となり、ザグギエルとフェンリルの身体能力が限界を超えて強化された。

『お、おおおおお、力が沸いてくる！』

『これならば、いける！』

オーラを全身から噴き出し、力を取り戻したザグギエルとフェンリルは、モルモじいさんを乗せたままぐんと立ち上がり、足をシャカシャカと動かしながら前に進み始めた。

しかしやっぱり元が非力なので、すぐに力尽きてしまった。

『ぬ、ぬうう……』

『む、無念……』

「わし、思ったんじゃが、今の支援魔法をわしにかけてもらえばいいんじゃないか？」

『『「あ」』』

盲点であった。

「んんっ。改めて、強くなーれー、強くなーれー」

カナタの支援魔法がモルモじいさんを取り巻き、力を与える。

「む、むおおおおおおお……!?　こ、これはぁぁぁぁぁぁっ……!?」

モルモじいさんの衰えた肉体は、カナタの魔法によって生まれ変わろうとしていた。

枯れ木のようだった手足は巨木のように膨らみ、胸板は岩壁のように分厚くなる。

支援魔法をかけ終わった後そこにいたのは、筋骨隆々の怪物だった。

『……かけすぎたのではないか？』

『……熊も絞め殺しそうだな。このまま一人でオーガを退治に行けるのではないか？』

『余もそう思う』

「す、素晴らしい……！　長年わしを苦しめておったリウマチが跡形もなく……！」

「良かったですねっ」

喜ぶモルモじいさんに、カナタは拍手を送る。

「それにこの姿、まさしくわしの若い頃の体格そのままじゃ」

『なん、だと……？　昔はそんな姿だったと言うのか、ご老公……』

『どれだけ鍛えればそんな姿になるのだ……』

「なに、魔物使いは鍛えに鍛えてようやく人並みなんじゃ」

筋骨隆々であっても魔法使い以下の筋力しか出せないハズレ職、それが魔物使いだった。

「何はともあれ、これならばいくらでも走れそうじゃ。ゆくぞ皆の者！　わしに続けー！」

「おー！」

勢い良く駆け出したモルモじいさんと共に、カナタたちはゴブリンの巣を探して森を進んだ。

†　†　†

『存外、簡単に見つかったな』

『うむ、カナタがゴブリンの足跡を見つけたからこその発見だがな』

木陰に隠れながら、ザグギエルとフェンリルは声を潜めて前方の洞窟を偵察していた。

切り立った崖にぽっかりと空いた洞穴の前に、二匹のゴブリンが動物の骨で作った槍を持って門番をしている。ここがゴブリンの巣で間違いないようだ。

『まったく、この白毛玉の鼻が利けば、主を働かせずに済んだものを……。何が追跡は我にお任せ下さいだ。鼻が利かない犬など、何の役に立つというのだ』

『い、犬ではない！　神狼だ！　元の体だったならば造作もないことだったのだ！　今のこの体が脆弱すぎるだけで……』

『ならば、その元の体とやらに戻れば良いだろう。なぜ戻らん』

『……これには深い事情があるのだ……。貴様なんぞに話せん』

『ふん、そうか。ならば、貴公のことはずっと神狼フェンリル（自称）と呼んでやろう。（笑）の方が良いか？』

『う、うるさい！　貴様だって役に立たん毛玉だろう！』

『一緒にするでないわ！　余がこの姿なのは自らを鍛え直すという崇高な目的があってのことでだな――』

「お前さんたち、静かにするのじゃ……！　見つかってしまうぞい……！」

二匹をモルモじいさんが押さえつける。

「どれほどの数のゴブリンがおるか、分からんのじゃぞ。ここは慎重に……」

『ふむ、だからといって、ここで待っていても事態は変わらぬだろう。カナタはどう思う？』

『カナタ様、どうか我に名誉挽回の機会を……！　囮となって見張りをあそこから引き離してご覧に入れます……！』

男三人がカナタに指示を仰ぐが、隣にいたはずの当人がどこにもいない。

「あ、あそこじゃ……！」

モルモじいさんが指差した先は、ゴブリンの洞窟だった。

「こんにちはー」

相変わらずのダイレクトエントリーに男たちはひっくり返る。

『か、カナタ……⁉』

『ちょ、調査をするのではなかったのですか……⁉』

「普通に挨拶しとるんじゃが……！」

正面から堂々とやってきたカナタにゴブリンたちは驚き、槍を向けて威嚇する。

そして、カナタの姿を見て何かに気づいたのか、ゴブリンたちの顔が見る見る青ざめていった。

「ご、ゴブゴフ……！」

「ゲググ、ゴブブ……！」

ついには槍を取り落とし、跪いて命乞いを始めた。

『む、あの者らはもしや……』

最初に気づいたのはフェンリルだった。

あの二体のゴブリンには見覚えがあった。

自らを逆さ吊りにして、夕食にしようとしていたあのゴブリンたちだ。

『奴らの巣とはここのことだったのか……』

思い返してみれば、オーガがどうのこうのと言っていた気がする。

『い、命ばかりは勘弁してくんろ……！』

『あの美味い飯はくれたんじゃなかったんだか……⁉』

ゴブリンたちはガタガタと震えるが、カナタにはその理由が分からない。

「どうしたんだろう？　中に入れてくれるのかな？」

念話を使えないゴブリンの言葉がカナタには分からない。首をかしげるばかりだ。

「カナタちゃんや、魔物使いは心を通わせれば、念話なしでも相手の言っていることが分かるはずじゃ」

「えっ、そうなんですか⁉　すごい！」

「お手本を見せてやろうかの」

カナタに追いついたモルモじいさんが、ゴブリンたちの言葉に耳を傾ける。

「ふむふむ、なるほど」

「なんて言ってるんですか？」

「この洞窟は我らの城、去らねばこの槍で刺し殺す！　と言っておるのじゃ」

「ご、ゴブッ⁉」

「ゴブゴブーッ‼」

そんなことは言っていない！　とゴブリンたちは激しく首を横に振った。

「なになに？　頭から丸かじりにしてやるじゃと？　なんと物騒な」

「ゴブーッ！　ゴブーッ」

「ゴブブ～……」

無茶苦茶（むちゃくちゃ）な翻訳をするな！　と一方のゴブリンは怒り、もう一方のゴブリンは誤解で殺されるんだと涙を流した。

「まぁ、冗談じゃ」

「ゴブッ⁉」

モルモじいさんはべっと舌を出した。からかわれていたことが分かったゴブリンたちは地団駄を踏んで悔しがった。

「わしの村を襲った仕置きじゃわい。ちょっとは懲りたかの？」

「……ゴブ～」

モルモじいさんの言葉に、ゴブリンたちは思い当たる節があったようだ。顔を見合わせて肩を落とす。

「反省したなら、何があったのか話してくれんかのう」

ゴブリンたちは観念したのか、道を空けて、カナタたちを洞窟の奥へと招いた。

薄暗い洞窟だが、中には光る苔（こけ）が自生していて、歩くのに不便と言うほどではない。

ゴブリンたちの案内で先を進むが、他のゴブリンたちの姿は見当たらなかった。

「この洞窟、ずいぶん奥まで続いてるね」

『自然に出来た洞窟を、さらに掘り進めているのか』

『いったい何のためにこれほど巣を拡げたのだ。話せゴブリンどもよ』

頭の上に乗った白黒の毛玉に尋ねられ、ゴブリンたちは事情を語り始めた。

『元々うちは、いくつかの家族が集まって暮らす小さな集落だったんだべ』

『んだ。この巣も今よりうんと小さかっただ』

ゴブリンたちは魔物と言っても非常にか弱い。他の魔物どころか、普通の動物にさえ狩られてしまうことがある最弱の種族だ。

そんな日々に怯えながら暮らしていたゴブリンたちのところに転機が訪れたのは、傷ついたオーガを発見したときのことだ。

どこか遠い場所で縄張り争いに敗れたのか、オーガは酷い傷を負っていた。ゴブリンたちはこの流れ者をどうするか話し合い、結局助けることにした。

息を吹き返したオーガは気のいい男で、ゴブリンに助けられた恩を返すため、この集落の用心棒となってくれた。

それ以来、熊や狼、他の大型の魔物に怯えることなくゴブリンたちは平和に暮らすことができるようになった。

噂を聞きつけた他の集落のゴブリンたちも集まってきて、そのうちこの洞窟は大集落の住処となったのだ。

『んだども、ある日から、オーガの旦那がおかしくなり始めたんだべ』

『集落の人数は増えたけんども、森の恵みで食っていくには充分だったんだ。それなのに、オーガ様はもっと食糧を集めるようにオラたちに命じるようになったんだべ』

しかもその食糧を食べるわけでもなく、どんどん溜め込んでいるという。

最初の頃は他の魔物や人間から守ってくれる頼もしい用心棒だったのに、急に横暴になったと思えば、近隣の村まで襲うようになった。

今のところ人間たちはオーガの姿に怯えて、抵抗せずに奪われるままになっているが、そのうち人間たちが反旗を翻してくるんじゃないだろうかと、ゴブリンたちは怯えている。

「何か切っ掛けはなかったのかな？」

『確かにな。だんだんと横柄になっていったというならまだ分かるが、急に変わったというのが気にかかる』

『何か思い当たる節があるのではないか？』

『そういえば……』

『オーガ様がおかしくなった前の日、変なやつが巣にやってきたべ』

てっきり集落を襲撃にきた冒険者なのかと思ったが、フードをかぶったその人物はオーガに呪文のようなものを囁きかけると、すぐにその場を去ってしまった。

オーガの体にも異変はなく、不思議には思ったが何事もなく済んでよかったと、みんなは胸をなでおろしたそうだ。

『どんなやつだった?』

フェンリルが尋ねると、ゴブリンは困った顔をした。

『うーん、人間の顔はあんまり見分けがつかないんだども、メスだったのは間違いないだ』

『んだ。乳がデカかったしな』

『あとは、フードの下に白い服を着ていたのが見えただな』

『白い服を着た女……』

その人物の特徴を聞いたフェンリルは考え込んでしまう。

『今思えば、オーガ様が帝国を作るとか、わけの分からんことを言い出したのはその頃からだっぺなぁ』

「帝国とは、ずいぶん大それたことを考えるやつじゃのう」

『元はそんな魔物じゃなかったんだべ』

『んだ。やっぱりあのメスが怪しいべ』

うんうんと頷(うなず)きながらゴブリンたちは進み、やがて集団のざわめきや生活音が聞こえてきた。

洞窟の道はいくつも枝分かれするようになり、他のゴブリンたちの姿も見かけるようになった。

カナタたちの姿を見るとびっくりして逃げたり、威嚇してきたりする者もいたが、案内のゴブリンたちに説得され、いつの間にかワラワラと集団で洞窟の奥へ向かうことになった。

そうこうしているうちに、道が大きく開けた。

かなりの敷地の広間だ。天井も高い。

しかしまだ掘削途中なのか、手製のツルハシやシャベルでゴブリンたちがせわしなく部屋を拡げていた。

「あれがオーガさんかな？」

カナタが確認するまでもなく、その巨体の持ち主はオーガで間違いないだろう。

節くれ立った樹木のような堂々とした体つき。カナタの支援魔法でムキムキになったモルモじいさんが可愛く見えるほどの差だ。

今は石の玉座に座っているが、立ち上がれば人間の大人が三人肩車をしても届かないくらいの身長になるだろう。

『何者ダ、オ前ラ……』

オーガの鋭い目がぎょろりと動き、カナタたちを捉えた。

「カナタです！」

『ザッくんである！』

『フェンフェンだ！』

「モルモじいさんじゃぞい」

四名の名乗りを聞いて、オーガは額に血管を浮かばせた。

『人間トソノ人間ニ使ワレテイル魔物ガ、何ノ用ダ……？　食糧ヲ貢ギニデモ来タノカ……？　ソウデアレバ、滅ボス順番ヲ少シ後ニ回シテヤッテモ良イゾ……』

「逆ですねー。村のみんなから取り上げた食糧を返して下さい」

にこやかにカナタが答える。

それに同調するようにゴブリンたちも口々に訴え始めた。

『オーガ様、もうこんなことやめてくんろ！』

『オラたち、帝国なんか欲しくないだ！』

『今まで通り、みんなで慎ましく幸せに暮らすべ！』

『元の優しいオーガ様に戻ってけれ！』

ゴブリンたちの言葉を聞いたオーガはますます額に筋を浮かべ、怒りに握りしめた玉座の肘置きがぴしりとひび割れる。

『オ前ラ……今マデ俺ニ守ッテモラッタ恩ヲ忘レテ、裏切ル気カ……』

オーガが黒い瘴気を纏いながら、ゆっくりと立ち上がった。

『我ガ帝国ノ建国ヲ邪魔シヨウトスル愚カ者ドモメガ……。今スグ殴リ殺シテクレル……！』

『カナタ！　余の後ろに下がれ！』

『ここは我らにお任せを！』

「わしもいるぞい！」

男たちがカナタを守るべく前に立ち塞がる。

そんな彼らをあざ笑うかのように、オーガは今し方まで自分が腰掛けていた玉座を持ち上げる。

そして、その場にいる全員をまとめて叩き潰すべく振りかぶった。

「な、なんという怪力じゃぁ⁉」

『潰レテ死ネェェェェェェェェェェェッ‼』

渾身の力で投げ飛ばされた石の玉座は、凄まじい激突音を洞窟に響かせた。

土煙がもうもうと舞い上がり、それが晴れたとき、そこにはまったく無傷のカナタたちがいた。

強力な障壁が半球状に拡がり、ゴブリンたちを含む全員を守り切っていた。

『ナッ⁉　俺ノ渾身ノ一撃ガ……⁉』

『たいした威力ではなかったな』

『ああ、まったく以て温い攻撃よ』

特に活躍していない二匹が自信満々に鼻を鳴らす。

『グ、ググ……！』

オーガは悔しげに歯を軋ませた。

カナタはそんなオーガの様子を見て、つぶやいた。

「なんだか、あなたから見覚えのある術式を感じます」

カナタがその術式を見たのは、王都の下水道で見た死霊だ。

下水道を汚染する核となっていた死霊だが、あれを現世に縛り付けていた呪詛と似たものをカナタは感じ取っていた。

「とりあえず解呪しちゃおっか」

『グ、グオオォォォォォォォォォォッ‼』

カナタの笑みに本能的な恐怖を感じ取ったオーガが手当たり次第に落ちているものを投げつける

が、カナタの障壁はその全てを弾き返す。

『何者ナンダ貴様ハァァァァァァァッ⁉』

目前にまで迫ったカナタに、オーガは渾身の拳を叩きつける。

「モフモフをこよなく愛し、モフモフではない者にはそこそこな対応を取る、そんな魔物使いです」

カナタは障壁を解き、オーガの拳に自分の拳をぶつける。

「よいしょー」

どう見ても質量差がありすぎる拳撃の激突は、物理法則の限界を超えて、カナタに軍配が上がった。オーガの巨体が弾き返される。

『ヌオオオオオオオオッ⁉』

大きくのけぞったオーガの足元にはカナタが高速で接近していた。

「解呪ぱーんち」

カナタの打撃には、オーガにかけられた呪詛を破壊する術式が込められていた。

『ガッハァァァァァァァァッッ⁉』

強力なジャンプアッパーを食らったオーガは天井付近まで吹き飛び、やがて重力に従って落下してくる。

大音を立てて地面に落ちてきたオーガの体からは、不審な黒い瘴気は消え去っていた。

「もう大丈夫かな？　回復魔法かけときますねー」

元々頑丈な体なだけあって、カナタが回復魔法で傷を癒やしてやると、オーガはすぐに意識を取り戻した。

『お、おいどんはいったい、何をしとったんじゃあ？』

朦朧とする頭を振ってオーガは周囲を見渡す。

『お、おお、オーガ様が元に戻っただぁぁぁぁっ！』

ゴブリンたちが歓声を上げてオーガのもとに集まった。

『みんな、いったいどうしたんじゃあ？　巣穴もこんなに拡げてぇ。おいどんはこげな広い部屋なんかなくても寝られるでごわすよ』

どうやら、オーガはこれまでのことを覚えていないようだった。

詳しく事情を聞くと、フードを被った女に何かされてから記憶がないらしい。

女が何者かは、やはりオーガにも分からないらしく、歯切れの悪い結末となった。

『ほんにすまんこってす‼』

オーガ率いるゴブリンたちの大土下座を、カナタたちは受けていた。

『どうやって詫びれば良いか……。全部おいどんのやったことでごわす！　なにとぞゴブリンの衆は見逃してもらえんでごわすか！』

「わたしは部外者なので、モルモ先生はどう思いますか？」

「せ、先生とは気恥ずかしいのう」

モルモはカナタに先生と呼ばれ、気恥ずかしそうに頭をなでて、それから咳払いした。

「反省しておるようじゃし、食糧を返して荒らした村の復興に尽力することで手を打つのはどうじゃろうな」

『い、良いんでごわすか!?』

「うむ、おぬしらはわしの魔物として登録されることになるが、問題を起こさなければ処分されることはなくなるじゃろう」

『ありがとうございます！　ありがとうございます！』

「礼なら、このカナタちゃんに言うんじゃ。この娘がおらねば、大変なことになっておったじゃろう。操られたお前さんは村を滅ぼし、ゴブリンたちは数を増やしてさらに勢力を拡大し、どこぞの軍隊が出張(でば)るまで略奪は続いていたかもしれん」

『ありがとうございます！　カナタ様！』

「いいえいえ。それより聞きたいことがあるんですけど」

口元に手を添えて、内緒話をするようにカナタが尋ねる。

『な、なんでごわすか？　おいどんたちに出来ることならなんでも……』

「お友達にモフモフな子とかいません？」

† † †

「モフモフいなかったぁ……」

『気を落とすな、カナタ』

『カナタ様には我らがおります！』

しょぼーんとなったカナタを、ザグギエルとフェンリルが慰める。

村人たちに謝罪させるため、オーガたちを村に引き連れて帰ってきたカナタたちだったが、事情を知らない村人たちは一時恐慌状態に陥った。

モルモじいさんが説明しなければ大パニックになっていただろう。

その後、オーガたちから謝罪を受け、モルモじいさんが全ての責任を負って魔物たちを監督するということで、村人たちに許してもらえることとなった。

これにて、一件落着である。

「ありがとう、カナタちゃん。みんなカナタちゃんのおかげじゃよ」

「そんなことありません。モルモ先生が最初に行動しなかったら、きっとこうなってはいなかったと思いますよ」

「ふふ、引退の前に花を咲かせることが出来て良かったのじゃよ」

「引退するんですか？」

「わしもいい年だし、元々そのつもりだったんじゃよ。家財を処分してきたのも、この村に腰を落ち着けるつもりだったからのう」

壊れた建物を手分けして修繕しているオーガたちを眺めながらモルモじいさんは言う。

「それで、カナタちゃんさえ良ければ、ひとつ譲り受けて欲しいものがあるんじゃ」

「わたしに？」

「バイコ！　おーい、バイコや！」

モルモじいさんが声をかけると、馬車を引いたバイコがカポカポと足音を立ててやってくる。

「この子と馬車を連れていってくれんかのう。この馬車は見た目こそ古いが、いい樹を使って作られている一級品じゃ。長旅に馬車はあって困るものじゃない」

「ば、馬車で旅……！　素敵……！」

カナタが前世でこよなく愛したゲームも、魔物と一緒に馬車で世界を旅する話だった。

カナタにとって馬車とはロマンである。

「良いんですか、モルモ先生！」

「うむ、遠慮なくもらっておくれ」

モルモじいさんに促され、カナタは御者席(ぎょしゃ)に座ってみる。

「わぁ」

自分で手綱を握ってみると、隣に座っていたときとは景色が違って見えた。

「どうじゃね？」

「最高ですっ！」

カナタは満面の笑みで答えて、しかし手綱を置いた。

「でも、やっぱり受け取れません」

「な、なぜじゃ⁉　気に食わんかったかのう？」

「いいえ、わたしじゃなくて、バイコちゃんが」

「ヒヒン……」

バイコは悲しそうにモルモじいさんを見つめた。

その目はモルモじいさんと離れたくないと強く訴えていた。

「おお、バイコや……。わしと共にいたいというのか……」

モルモじいさんがバイコの首を抱きしめると、バイコは切なそうにいなないた。

「離ればなれは悲しいもんね。だからこの馬車は――」

『ふっ！　お任せ下さいカナタ様！　こんな馬車、バイコの力を借りずとも、我が引いてご覧にいれましょう！』

「ええっ⁉　フェンフェンが⁉」

『いや、無理だろう』

無理だった。

バイコと入れ替わりに馬車に繋げようにも、フェンリルの体は小さすぎて輓具を付けることも難しく、そもそも力がなさすぎて、馬車はぴくりとも動かなかった。

『ぬおおおおん！　申し訳ありません！　カナタ様ぁぁぁぁぁぁぁっ！』

「いいんだよぉいいんだよぉ」

嘆くフェンリルをなでられて、カナタはご満悦だった。

「馬車だけでも持っていってもらえたら嬉しいんじゃがのう。牽ける魔物がおらんとどうにもならんか……」

「あ、じゃあ、そうします」

「え？」

カナタはアイテムボックスを開くと、難なく馬車をしまってしまった。

「なんともはや。カナタちゃんには驚かされてばかりじゃわい。じゃがこれで、わしも憂いなく引退できそうじゃ」

やりきった顔をするモルモじいさんに、カナタはムムッと眉を吊り上げる。

「まだ駄目ですよ。モンスター図鑑の二巻を楽しみにしてるんですから」

「ほっほっ、そうじゃったそうじゃった。必ず書き上げるから、いつかまた遊びにきておくれ」

「はいっ」

そうしてカナタたちは村人やゴブリンたちに見送られ、旅の続きを始めるのだった。

第3話　割に合わない？　いいえ、チリも積もればなんとやらです！

『この口だけ神狼め。お前はいったい何の役に立つのだ。鼻は利かない馬車は牽けない。その無駄な綿毛でカナタの手慰み（てなぐさみ）になるくらいしか取り柄がないではないか』

『ぐ、ぐぬう……』

むしろカナタにとってはフェンリルのその綿毛のような触り心地だけで最高の仲間だったのだが、何とかカナタの役に立ちたいフェンリルは悔しげに唸る（うなる）ばかりだ。

『くっ、元の体ならばあの程度の馬車、らくらく牽いてみせるものを……！』

「えっ？　フェンフェンには元の体があるの？」

『無論ですとも！　今のような貧弱で小さな体ではなく、何十倍も大きく力強く……』

「な、何十倍の大きさのモフモフ……⁉」

カナタは巨大な白毛玉に埋もれて眠る自分の姿を妄想し、涎（よだれ）を激しく垂らした。

「ど、どうすれば大きくなるの⁉　ごはん⁉　ごはんいっぱい食べる⁉」

両手をわきわきさせながら詰め寄るカナタ。

『い、いいえ、食事は充分頂いております……』

フェンリルは自分が失言をしてしまったことに気がついた。

神聖教会の大聖堂へ行けば、確かに元の体には戻れる。しかしそれは、あの悪逆たる偽聖女マリアンヌと対峙することを意味する。

自分の都合でカナタを危険な目に遭わせたくない。しかし、元の体でなければカナタの役には立てそうもない。二律背反にフェンリルは苦悩した。

自分の本体が聖都で拷問を受けているなどと聞けば、この優しい主は怒って教会に殴り込むだろう。

しかし、いかにカナタが強くとも、全世界に何千万もの信徒がいる神聖教会を敵に回して無事に済むはずがない。

個人の力では限界がある。

自分の力より、まずは主の身の安全だ。

『先ほどの話はそうだったら良いなという、我の妄言です！　失礼いたしました！』

「えー、そうなの……？」

『そ、そうなのです。期待させてしまって申し訳ありません』

不満げなカナタにフェンリルはごまかし笑いをする。

『…………』

ザグギエルはそんなフェンリルを見て沈黙を守った。

『して、カナタ様の旅の目的地はどこなのでしょうか！』

ここはまだ聖都からさほど離れていないはずだ。なんとか別の方向に誘導して、聖都から離れてもらおう。

フェンリルのその考えは即座に否定されることになる。

「向かうは西です！」

『昨日、村長に地図を見せてもらったが、この道をまっすぐ行けばいずれ聖都にたどり着くだろうな』

『な、なんと……！』

神聖教会から離れたいと思っていたら、行き先がその本拠地であることにフェンリルはうろたえた。

† † †

──その頃、聖都ローデンティアの大聖堂では──。

「術式がまたひとつ……」

呪詛魔法の核としている宝珠が砕け、聖女マリアンヌは自分の魔法が破壊されたことを知った。

これで二度目だ。

ひとつは王都の下水道奥深くの死霊。もうひとつはゴブリンの集落に住み着いたオーガにかけた魔法だ。

邪悪な瘴気を寄り集め、かけられた者に強い力と悪心を植え付ける呪詛に近い魔法である。

術をかけるも解くも、マリアンヌ次第。

マリアンヌはこの魔法を使って、各地で人々の信仰心を集めることに成功していた。

若くして神聖教会の聖女として収まり、女神の覚えがめでたいのもこの魔法によるところが大きい。

しかし、それを邪魔する者が現れた。

どちらも時間をかけて呪いを成長させ、しかるべきときに魔物を暴走させて近隣に混乱を起こす。

そこへ聖騎士団を送り込み、同時に術式を解除。

何が起こったか分からず、力を失った魔物を悪者として退治し、問題解決に導くことによって神聖教会への信仰を集める予定だった。

人々の信仰は神々の力となり、またその信徒の代表であるマリアンヌにもさらなる奇跡を与えてくださる。

おぞましく卑怯なやり口だが、それに気づき咎める者は誰もいない。

その術式が、短期間の間に二つも壊されるとは。

ただ魔物が倒されただけならば、まだ分かる。凄腕の冒険者が先に魔物を発見し、退治してしまうこともあるだろう。

だが、それだけではこの魔法の術式は壊れない。

下水道の死霊は現世に縛り付ける呪いを解除されたうえで浄化されていた。そしてゴブリンの巣のオーガはおそらく死んでいない。術式だけが破壊されている。

術者である本人にしか分からないことではあったが、そのような手応えをマリアンヌは感じていた。

「オーガにはまだ術をかけたばかりで、さほど強力な魔物には育っていませんでしたが、下水道の死霊はかなり成長していたはず」

あと数ヶ月もすれば、毒まみれの汚水が下水道からあふれ返り、王都を危機的状態にする予定で、そこへ聖騎士を派遣することも予定に組み込まれていた。

もし何者かがあれを浄化したのだとしたら、数百人からなる神官が行ったことになる。

しかし、そこまで大規模な動きがあれば、教会が感知しないはずがない。

下水道の問題は王都の冒険者ギルドが内々に処理してしまっている。

「では、冒険者が行ったと？　それほどの浄化魔法の使い手ならば、相当に名の知れた人物のはずですが、王都にそんな冒険者がいるという話は聞いたことがありませんね」

聖女たる自分でも王都全域に浄化魔法をかけるなどという化物じみたことは出来ない。

一番被害のあった下街の住人らは、一人の少女のおかげで救われたと言っているらしいが、それも噂(うわさ)の域を出ない。

「いったい、何者でしょう？」

もし二つの術式を破壊した者が同一人物だったとしたら、その者はこちらの思惑に気づいている可能性がある。

どうにか死霊を浄化した者のことを知りたいが、ギルドは独立行政法人の面が強く、教会が圧力をかけたところで情報を出しはしないだろう。

「女神様に、報告すべきですね……」

神の手を煩わせてしまう罪に、マリアンヌは渋面を作った。

マリアンヌは自室を離れ、大聖堂の最奥にある女神像に祈りを捧げる。

聖女の職業を得た者は、神との交信が可能になり、様々な神託を授かり、世界を良き方向へ導く役目を授かっている。

というのは建前で、聖女は神の操り人形だ。

神が望めば信仰を集めるために災いの種を世界にばらまくこともいとわない。

神のすることは全て正しい。神に全てを捧げよ。

そう心の底から思える強すぎる信仰心を持つ者に聖女の職業が提示される。

『マリアンヌ……。聖女マリアンヌ・イシュファルケよ……』

マリアンヌの祈りが天界に届き、美しい女神像に光が差す。

「女神様……」

マリアンヌは降臨した女神に、深く頭を垂れる。

『迷い子よ……、あなたから戸惑いを感じます。何か問題が起きているようですね』

「はい、実は――」

マリアンヌはこれまで起こった事情を女神に打ち明けた。

王都やゴブリンの巣に信仰収集の布石として仕掛けておいた呪詛が解除されてしまった。もしかしたら、これは同一人物による行いである疑いがある。その場合、その人物の行き先がこの聖都ローゼンティアである可能性が高い、という話をした。

『……そ、それは、もしや……』

「女神様……？」

マリアンヌは顔を上げる。たじろぐような気配を女神から感じたからだ。

『いえ、何でもありません』

咳払いをする女神に、マリアンヌは自信を持って答える。

「もちろん、すぐに原因を究明し、当該の人物を排除します。女神様への信仰収集の邪魔をしようという背教の輩など、この聖女マリアンヌが女神様に代わって神罰を執行いたしましょう！」

信仰心のこもった瞳で見上げてくるマリアンヌに、女神は引きつった声で答えた。

『い、いけません』

「えっ……？」

『布石の一つや二つが壊されたくらいで何だというのですか。放っておきなさい。ええ、その方が良いのです』

「ですが……」

『あれに関われば火傷では済まないと言っているのですっ！　どうして分からないのですか！　このグズっ！』

「ひっ！　も、申し訳ありません……！」

怒鳴られたマリアンヌは亀のように背中を丸めて許しを請うた。

『……この少女です』

嘆息した女神が、光を使って幻影を浮かび上がらせる。

幻影は白と黒の毛玉を抱きしめて歩く少女の姿をしていた。

「こ、こんな子供が、私の呪詛魔法を……⁉」

信じられない、とマリアンヌは口を開け、女神の前で信仰を疑うような言葉を言ってしまったことを恥じ、慌てて話題を変えた。

「魔物を連れているようですね。弱そうですが見たことのない魔物です。まさか、この娘、魔物使いなのですか？」

ますます信じられないとマリアンヌは目を見開く。

『誤まって関わらぬように姿は教えておきますが、彼女に干渉は不要です。放っておけばそのうちこの地を離れるでしょう。嵐のように過ぎ去るのを待つのです』

「ですが、正体が分かっている者をむざむざ放置などしては……。それにこのような小娘、如何(いか)ようにも消してみせます」

『……神託に異を唱える気ですか？』

「い、いいえっ。失礼いたしましたっ」

『念を押しますが、この少女に関わってはいけません。あれは魔王軍を単騎で撃退しているのですよ。貴方(あなた)では正面から戦ってもどうにもなりません』

「ま、魔王軍が……!?　この大陸に攻めてきたのですか……!?」

暗黒大陸から魔王軍が転移してきたのは、たった二日前の出来事だ。マリアンヌのもとへその情報が届くにはあと数日はかかるだろう。

魔王軍をたった一人で倒すなど、人類最強の存在である勇者でも難しい。

それをこの少女がたった一人で倒したというのか。

にわかには信じがたい事実だった。

『済んだ話です。魔王が力を取り戻し、こちらの大陸に存在する以上、そのうち勇者の職業を持つ者も出てくるはず。いま戦いを挑むのは得策ではないのです。賢者や剣聖、強者をうまく集めて戦力が整うまでは、あれに関わっても何も良いことがない……まったく……重魂者め……何故あんな世界の歪みのような存在が生まれて……』

「女神様……？」

苛立たしげにぶつぶつと呟く女神に、マリアンヌは不安になる。

あの美しく超然とした女神がこれほど取り乱すのを初めて見た。

『……何でもありません。とにかく、あなたはこれまで通りに活動していなさい。信仰を集め魂を捧げる。それが聖女の役目です』

「……畏まりました。女神様のご意思のままに……」

すでに二回も叱責を受けている。これ以上の反駁は女神の怒りを買うだけだろう。

マリアンヌは女神の無言の圧力を受け、おとなしく従うことにする。

『では、あとのことは任せましたよ』

女神の気配が石像から消えた。

マリアンヌはしばらく跪いたまま、両手を組んで女神に感謝の祝詞を送っていたが、不意に顔を上げた。

「……誰か、いますか？」

「はっ！」

聖女の呼びかけに応じて大聖堂の番をしていた騎士が現れる。

「女神様のご意思は絶対です」

そう、聖女は女神の代弁者。女神の言葉に逆らうことなど許されない。

「……ですが、この聖都で狼藉を働かないよう監視する必要はあります」

これは女神の意思に反したものではない。関わらないために相手の居場所を確かめることは必要なことだ。

「二匹の小さな魔物を連れた黒髪の少女が現れたら、私に報告なさい」

「ははっ！」

聖女マリアンヌのこの指示が吉と出るか凶と出るか、それはまだ誰にも分からない。

† † †

カナタたちの旅は非常に順調だった。

『ぬおおおおお！』

『むおおおおお！』

「おーえす！　おーえす！」

ロープを咥(くわ)えたザグギエルとフェンリルが懸命に踏ん張っている。

二匹が引っ張る先には泥沼に車輪を取られて困っている馬車があった。その後ろには同じ隊商の馬車がずらりと並び、立ち往生していた。

隊商の全員で沼にハマった馬車を引っ張るが、思ったよりも沼は深く、なかなか思うように引っ張り上げられない。

そこへ通りかかったのがカナタたちだった。

『微力ながら、我らも手伝おう』

『非力な人間どもに魔族の力を見せてやる』

そう言ってフェンリルとザグギエルはロープを引っ張る隊商の面々に加わり、微力で非力なために、何の役にも立っていなかった。

いや、その頑張る姿を見て、カナタは非常に喜んでいたので、その分だけは役に立っていた。

「はふー、満足ですー」

　ザグギエルとフェンリルのロープを引っ張る姿を脳内のアルバムに収めたカナタが、ロープを片手で掴んで軽く引っ張ると、あっさり馬車は沼から抜け出た。

　むしろ勢いが付きすぎて、馬車は軽く飛び上がり、引っ張っていた隊商の面々は尻餅をつき、ザグギエルとフェンリルは遥か彼方へ転がっていった。

「わわわ！　ザッくん！　フェンフェン！」

　転がったザグギエルとフェンリルを抱き上げたカナタに、隊商の代表が礼を述べた。

「いや、おかげで助かったよ」

「わたしは何も。ザッくんとフェンフェンが頑張ってくれたのです」

「えっ、そうかい？　まぁ、そういうことにしておこうか」

　頭にターバンを巻いた代表は、ははは と笑ってお礼代わりにカナタたちも馬車に乗っていかないかと誘ってくれた。

　カナタたちは喜んで馬車の荷台に乗せてもらい、聖都に向かうことになった。

「このお弁当、美味しいねー」

　村を出発する際に持たせてもらった弁当に、三者は舌鼓を打つ。

『うむ、カナタの料理の次くらいには美味いな！』

『か、カナタ様の手料理だと……！　貴様、我に黙ってそんなありがたいものを……！』

『ふっ、良いだろう？　カナタの手料理を最初に食べたのはこのザグギエルよ！　貴公ではない！』

『ぐ、ぐううう！』

『ふはは！　悔しいか！　悔しかろう！　だが、どうあがいてもカナタの手料理を初めて食べた魔物という余の地位は覆らんのだ！』

『こ、この魔王がーっ‼　許せん！　誅伐（ちゅうばつ）してくれる‼』

飛びかかったフェンリルがザグギエルとケンカを始める。

二人の仲は険悪だが、毛玉な姿のせいで微笑ましいものにしか見えない。

「もー、ふたりともケンカしちゃ駄目……いや、駄目じゃない。かわいい。前足でぺしぺしするふたり最高に可愛（かわい）いよ……！」

短い後ろ足で立ち上がったザグギエルとフェンリルが、同じく短い前足をジタバタとさせながら叩きあう姿にカナタはメロメロになった。

そうやって馬車の旅を楽しんでいると、代表が御者席から声をかけてきた。

「おーい、もうすぐ着くぞー」

うとうとと午睡にまどろむ二匹が目を覚まし、カナタはちょっと残念に思いながら、荷台の前方を見やる。

「おおー！」

山岳をそのまままくり抜いたかのような高い場所に大きな聖堂が建っており、周囲からは滝が白く流れ落ちている。

周囲にそびえる建物も純白の美しさで、白を前面に押し出した荘厳な景色はカナタも思わずうなってしまうほどだった。

『ほう、人間も中々やるではないか、あの性悪女神を祀っているとは思えぬ美しさだ』

『……とうとう戻ってきてしまったか……』

カナタと同じく感動するザグギエルに対してフェンリルは憂鬱そうだ。

「どうしたのフェンフェン？」

『い、いえ！　何でもありませぬ！』

「そう？　疲れてるなら言ってね？」

『疲れるなど滅相もない！　我は壮健そのものです！』

むんっ、とフェンリルが体に力を込めると、毛がぼわっと広がった。

「はわわ、丸々フェンフェンかわいい……！」

『むむっ、余もそれくらい！　……くっ、毛質の違いかっ、上手くいかん……！』

「がんばりやさんのザッくんもかわいいよぉ」

『むむむっ！　負けるかっ！　見て下さいカナタ様！』

一方が褒められるとすぐに嫉妬する従僕たちだった。

†　†　†

馬車はどんどんと聖都に近づき、美しい模様が描かれた大きな門をくぐり抜ける。

「ここが聖都ローデンティアだ」

神聖さを絵に描いたような、白い都だった。

清浄なる鐘の音が、風に乗ってここまで響いてくる。

「じゃあ、俺たちはここで。本当にありがとうお嬢ちゃん。おかげで助かったよ。チビ助たちもな」

「こちらこそ、ありがとうございました」

『ご苦労、褒めてつかわす』

『素直に礼も言えないのか、この魔王は……』

この街で商売をするらしい隊商の人たちと別れ、カナタたちは聖都を見て回ることにした。

神聖な町並みは美しく、通りにはゴミひとつ落ちていない。

教会の総本山だけあって、道を歩く者は聖職者が多く、そうでないものも大聖堂に向かって祈りを捧げている。

しかし、よくよく見ると、聖職者の着ている服は高級な生地が使われ、袖に隠れた腕には貴金属のたぐいを着けているのがチラホラと見えた。

信徒からの喜捨はあまり正しく使われていないようだ。

『ふん、先ほどは美しいとも思ったが、外側ばかりの演出で吐き気がするな』

『同感だ、見た目だけを取り繕った信仰など、何の価値があるのか』

「モフモフはいるかなぁ……」

カナタたちは聖都を見て三者三様の感想を述べる。

『なにはともあれ、ここは神聖教会の総本山だ。女神の痕跡が見つかるかもしれんぞ』

『な、なんと！　カナタ様はあの女神と戦うおつもりなのですか⁉』

「違うよー。モフモフの匂いを感じてやってきたのです」

『モフモフ……？　あの、カナタ様、カナタ様がおっしゃるモフモフとはいったい？』

「モフモフがいったいなにか？　改めて問われると、難しい質問だね……。モフモフとは、癒やし、ぬくみ、柔らかさの極地、幸せそのもの……」

カナタは自らの思考に沈み始めてしまう。

『ふっ、知らんのか』

ザグギエルが優越感たっぷりに笑った。

『貴様は知っているというのか、魔王⁉』

『無論、無学な貴様に教えてやろう、モフモフとは！』

『モフモフとは⁉』

『強さの象徴よ‼』

『つ、強さの象徴だとう⁉』

カッと目を見開き断言するザグギエルに、フェンリルは大きくのけぞった。

『モフ度とは強さを表す単位！　すなわちモフモフとは圧倒的強者を指す言葉なのだ』

『なんと、モフモフにはそんな意味が……！』

『カナタは余を指し、よくモフモフと言っている。余を指す言葉といえば最強以外にほかあるまい。

「ザッくんの言うとおりだね……！　間違いない……！　確かに……！　モフモフは最強……！」

さすがザッくん……！　深い、深いよ……！」

何も深くなかった。

『なるほど……、モフモフとは最強を指す言葉なのですね。ならばカナタ様！　我もモフモフを目指します！　魔王などよりカナタ様にふさわしい従僕となるために！』

「ええっ⁉　フェンフェンまで⁉　今よりもっとモフモフに⁉」

『はいっ！　なってみせます！』

カナタは感動と喜びでめまいがした。

「お父さん、お母さん。カナタは幸せです。魔物使いになってよかったぁ……」

両親が住む方向に手を組んで、じ～んと胸を押さえる。

『しかし、モフモフの匂いをたどってやってきたとは、もしや……！』

フェンリルには思い当たる節があった。

大聖堂に残してきたフェンリルの本体だ。

「最初はフェンフェンなのかと思ったけど、まだ匂いを感じるんだよね」

鼻をクンクンと動かすカナタ。

カナタのモフモフに対する嗅覚はあまりに正確だった。

「特にあの大きな聖堂から強く感じるの」

『⁉　そそそ、そうですか⁉　我にはなにも感じませんがっ⁉』

すっとぼけようとするフェンリルに、ザグギエルが呆れたように嘆息する。

『犬のくせに人間のカナタより鼻が利かんとは、役に立たん毛玉だな』

『貴様だって何の役に立ったというのだーっ！』

「ふたりとも役に立ちまくりだよー」

頭の上と胸の前でケンカする二匹をモフモフしながら、カナタは大聖堂に向かっていく。

大聖堂が建つ切り立った山には、入り口へとつながる長い吊り橋がかけられている。下は滝壺になっていて、落ちたら助からないだろうが、毎日参拝を求めて大勢の信徒たちが集まってくるのだ。

カナタは列に並んで自分の番が回ってくるのを待った。

『むむぅ……、どうするのだ、我……。カナタ様のなさることの邪魔はしたくない。だが、あの大聖堂にはあの偽聖女が……』

『何をブツブツ言っておるのだ』

『な、なんでもないっ！　気にするなっ！』

『……変なやつだ』

「変なフェンフェンも可愛いよぉ」

よしよしされながら、結局フェンリルはカナタを止める手段を思いつかなかった。

カナタの順番が回ってくる。

「わー、高いねー」

橋の登り口から下を覗き込んだカナタの前に交差した槍が立ちはだかる。

「わっ」

登り口に控えていた全身に甲冑を着込んだ騎士が、その面頬の中からギロリとカナタを見下ろしていた。

『何をする……！』

ふしゃーっとザグギエルが怒ると、騎士は一瞬たじろいだ。

「魔物は通っちゃ駄目なんですか？　わたしは魔物使いなのですけど」

「いや、そうではない」

騎士が視線を移すと、そこには盆台が設置してあった。上にはいくらかの貨幣が置かれている。

「喜捨を」

なるほど、この橋を渡るには金銭の支払いが求められるようだ。

「いくらですか？」

「神聖教会の信徒か？」

「いいえ。特定の神は信仰していませんけど」

「……不届き者め。ならば聖堂への立ち入りには、金貨一〇〇枚の喜捨で罪を洗い流さねばならん」

『金貨一〇〇枚だと……！』

『暴利にもほどがある……！』

「ならば、改宗を宣言せよ。略式ではあるが、我ら聖騎士には洗礼を授ける資格がある」

「信徒にはなりません」

カナタはきっぱり言った。

これは余談であるが、選定の儀の日、神を信仰しないカナタに聖女の職業が掲示されたのは、理由がある。

聖女になるには高いステータスの他に、強い信仰心が求められる。

だが、カナタは神を信仰していない。代わりに別のものを信仰していた。

モフモフである。

モフモフのすることは全て正しい。モフモフに全てを捧げよ。

そう心の底から思える頭のおかしい信仰心を持つカナタに聖女の職業が提示されてしまったのは、大いなる神のミスだろう。

「わたしが信仰するのはモフモフだけなのです。あとお金はないです」

「……では、帰るがいい」

変な女だと思われたカナタは、その場から追い払われた。

「金貨一〇〇枚かぁ」

カナタは口をとがらせながら来た道を戻る。

『ほっ……。時間を稼ぐことが出来たか……』

『どうしても大聖堂へ行きたいというのなら、また稼ぐしかあるまいな。カナタならば金貨一〇〇枚程度すぐに稼げるだろう』

「よーし、冒険者活動がんばろー！」

† † †

「それで、なんで私のところに来るんですかー！」

メリッサは泣いた。先ほどようやく盗賊やオーガ・ゴブリン事件の書類が片付いたところなのだ。ほっと一息ついた瞬間、目の前にカナタが転移してきて、メリッサはこの世に神はいないと信仰心を失った。

「向こうで仕事を探そうと思ったんですけど、聖都にはギルドがなかったので……」

「それを言われると苦しいのですが……。あそこは神聖教会の影響力が強すぎて、我々冒険者ギルドも食い込めないいんですよね。問題ごとは聖騎士団が解決してしまいますし……」

「なら、聖都に住む人からギルドへの依頼はないいんですか？」

「……実はあります」

メリッサは棚から依頼書を引っ張ってきた。

「神聖教会は喜捨の多寡で露骨に対応に差を作っていまして……。貧しい信徒は問題に対応してもらえない人も多くいます」

『なるほどな、あの上辺だけ清楚に整えた都ならばあり得そうな話だ』

「そんな人たちが手紙でギルドに依頼書を送ってくるのですが、そうは言っても我々冒険者ギルドもあまりに安い額では冒険者に紹介することもできず……』

冒険者ギルドは非営利団体ではない。冒険者に仕事を紹介する責任がある。

「とりあえず依頼書だけは受け付けて、そのままの状態になっていますね……。私もどうにかしたいんですが、これぱっかりはどうにも……」

「見せてもらってもいいですか？」

「あ、はい、どうぞ。でも、本当に低額の依頼ばかりですよ。下水道掃除のような歩合制のものもないですし。カナタさんの実力では割りに合わない依頼ばかりです。お金が必要であれば、私が依頼を見繕いますが」

急ぎではないが高難度の依頼がいくつかあるのをメリッサは覚えている。カナタの実力ならば難なくクリアできるだろう。報酬も金貨一〇〇枚以上だ。

しかし、カナタは全ての依頼書に目を通すと、パタリと書類を閉じた。

「これ全部受けます」

「ぜ、全部ですか⁉」

「はい。全部受けたら、ちょうど大聖堂に入るお金に足りそうなので」

一つ一つの依頼は銅貨数枚の子供の小遣いのような額だが、チリも積もればなんとやらだ。

「し、しかし、すごい量ですよ……。クエストとしての難易度はまちまちですが……。カナタさんの場合はむしろ高難度を一つ受けたほうが楽なくらいかもしれません」

「でも、誰も受けてくれなくて困ってるんですよね？」

「それは、そうですが……」

「丁度いいじゃないですか。わたしはお金をもらえて、聖都の人たちはクエストを受けてもらえて、ギルドは塩漬けになっていた依頼書を一掃できる。みんなの問題が一度に解決できてお得です」

「お得ってそんな……。カナタさんの割りにあってないですよ――」

「じゃあ、いってきまーす」

「ああっ、また話を聞いてくれないっ！」

カナタは依頼書をまとめて受け取ると、空間転移で聖都に戻っていった。

† † †

「それで、追い返してしまったと？」

聖女マリアンヌの視線に、聖騎士は震え上がった。

「は、はっ！　申し訳ありません！」

その騎士のところに、あの少女の話が伝わったのは、彼が追い返してしまったあとだった。

すっかり萎縮してしまった騎士を部屋から退出させ、マリアンヌは窓の外を眺めた。

「そうですか、やはりこの聖都にやってきましたか……。何が目的かは分かりませんが、女神様のおっしゃるとおり、見逃してあげましょう。そちらが何もしないのであれば、ですが」

しかし、何か言い知れない予感がマリアンヌの胸をざわつかせるのだった。

† † †

「お母ちゃん、苦しいよ……」

「ごめんね……ごめんね……。うちの家計じゃ、お医者さんに診てもらうことも出来ないの……」

外からでは見えない、聖都の貧民街。みすぼらしい家の中で、病に苦しむ息子に何もしてやれない母親が嘆いていた。

「こんにちはー。ギルドから依頼を受けてきましたー」

『患者はどこだ？　すぐに診せるがいい。すぐさま治してくれよう』

『治すのはこのカナタ様だがな』

「「え、ええっ⁉」」

カナタの回復魔法は子供の病気をまたたく間に治療してしまう。

「ああ、冬を越せないと言われていた坊やがこんなに元気に……！」

「ありがとう、お姉ちゃん！」

親子に何度もお礼を言われ、クエスト完了のサインを受け取ったカナタは、民家を後にする。

「一件目終わりー、次行こー」

『カナタの腕ならば、まとめてこの聖都の人間を癒やせるだろうが、これはクエストだからな。一つ一つ見て回らねばならないのが面倒だが、やっていくしかないだろう』

『初日は治療系でまとめた方が楽でしょうな。次は三軒隣のテイラーからの依頼です』

「はいはーい」

そしてその翌日は清掃作業だ。

聖都が大きくなる前からある古い教会の敷地には、貧民たちが埋葬される共同墓地があった。

しかし、この教会には老いたシスターが一人で住んでいるだけで、まともな葬儀はおろか、墓地の清掃や浄化すらままならず、下手をすればアンデッドになって魔物化する死体も出るおそれもあるほど荒れ果てていた。

「きれいになーれー。きれいになーれー」

しかし、それもカナタの浄化魔法にかかれば、なんと言うことはない。

墓石は新品のように光り輝き、墓の下で苦しんでいた死者たちも再び安らかな眠りに就くことが出来た。

「なんという清浄な光なのでしょう……！　この灰色に汚れた墓地が、また純白の輝きを取り戻す日が来るなんて……！」

老シスターは両手を組んで、カナタに感謝した。

『次は失せ物探しか』

『指輪、財布、ペットなどという依頼もありますな』

「探知魔法を全開にするよー」

どこかで落としてしまった結婚指輪。盗まれた財布。形見の古時計。

カナタは依頼人からなくした物の特徴を聞くと、魔法でどんどん見つけていった。

「ペットだけは、どうしよう……」

カナタは動物に怖がられる体質だった。体質というか、普通の動物ではカナタの纏う強者のオーラに本能的恐怖を感じてしまうからなのだが。

『ふっ、任せよ、カナタ』

『今度こそ、名誉挽回してご覧にいれます！』

意外なことに、本当にザグギエルたちは役に立った。

迷子になったペットたちは、見事ザグギエルたちが集めきったのである。

『おい、よせ……。余は猫と恋仲になる趣味はない』

『我は犬ではない……犬ではないのだ……』

動物たちにまとわりつかれたザグギエルとフェンリルがぐったりしている。

二匹の今の姿は犬猫にモテモテらしい。

そこらを歩き回るだけで、行方不明だったペットたちがどんどん集まってきたのだ。

「さぁ、どんどん行くよー！」

カナタの快進撃は止まらない。怒涛の勢いでクエストをこなしていく。

遠く離れた場所の親類に会いにいきたいが自分の足ではもう歩けない老婆を背負って神速で送り

届け、希少ではないが量が沢山必要な鉱石をアイテムボックスで大量に集め、孤児院の子どもたちの遊び相手となって、将来冒険者になりたいという彼らのために剣や魔術を教えてやった。

そうして、たった数日で聖都の貧民たちが抱える問題をカナタは全て解決してしまったのである。

報酬は手垢のついた大量の銅貨と、助けた人たちからの惜しみない感謝の言葉だった。

「ありがとう……！　ありがとう……！」

「誰も助けてくれなくて、もう諦めていたのに……！」

「手を差し伸べてくれたのは、あなただけです……！」

そして感謝はやがて信仰に変わっていった。

カナタを大勢の人々が取り囲み、カナタを口々に称える。

「神聖教会は何もしてくれなかった！　だけどあなたは！　あなただけは我々を救って下さった！」

「あなたこそ、真の聖女様に違いない！」

「「聖女様！　聖女様！　聖女様！」」

カナタを取り囲んだ大勢の人々が、カナタを称える。

「いいえ、魔物使いです。モフモフをください」

「「モフモフ！　モフモフ！　モフモフ！」」

言葉の意味も分からないまま、住民たちは聖句としてそれを唱える。

また間違った信仰が広まってしまうのだった。

†　†　†

「何をするのかと思ったら、そういうこと！　どこまでも神聖教会を虚仮にする気ですか！」

聖女マリアンヌは自室で苛立っていた。

怒りの原因は連日都から聞こえてくる【真の聖女】とやらの噂のせいだ。

何でも、教会が見放した貧民たちをタダ同然で救っている者がいるらしい。

呪文も唱えず重症の患者を癒やしたり、荒れ果てた共同墓地を浄化したり、動物までもがその少女を慕い、集まっているらしい。

一部間違って伝わっているものもあったが、確かなことは、少女の起こした奇跡によって多くの者が信仰の対象を変えているということだ。

信仰は神々の力の源だ。それをわずかとは言え奪われるのは神聖教会の聖女として許せないことだった。

しかもここは神聖教会のお膝元である聖都ローデンティアだ。わざわざこの場所で信仰を奪うような真似をするのは明らかに挑発している。

「馬鹿にして……！　馬鹿にして……！　馬鹿にして……っ！」

強く噛んだ親指の爪が割れる。

呪詛魔法を壊して邪魔をするばかりか、直接信仰を奪いにくるなど。女神の言葉がなければとっくに聖騎士団を派遣して、邪教の徒として火炙りにしてやるところだ。

「何が【真の聖女】ですか……！　わたくしが聖女じゃないとでも言う気⁉　わたくしこそが神から認められた聖女なのですよ！」

忌々しく睨んだ窓の外からは、人々の歓声が聞こえてくるようだ。

今日もその【真の聖女】とやらの活躍を聞いて人々が集まっているらしい。

神聖教会に喜捨もできない貧乏人たちだけではなく、神父や修道女まで姿を見にいっていると聞く。


部下に王都や近隣の村で起きた事件を調べさせたところ、やはりあの少女の足跡が残されていた。

各地で奇跡を起こし、信者を奪うような真似をして、いったい何の目的があるのか。

「ええい！　苛々する！」

鏡を見ればひどい顔をしていた。こんな顔では信徒たちの前に姿を現せられない。

マリアンヌは、溜まったストレスを解消することにした。

向かうのは、大聖堂の地下に設えられた牢獄だ。

あそこには神狼が繋がれている。

思えば反抗的なあの狼の顔を見にいくのは久しぶりだ。

今も心折れずに、自分を睨みつけてくるだろうか。

そんな神狼の顔を踏みつけてやるのはとても気分がすっとするのだ。

「あなたが悪いのですよ。さっさとわたくしのものになって従っていれば、聖女もどきに信徒が騙されることなどなかったのに」

始まりの聖女と世界を救う旅をしたと言われる神狼がそばに侍れば、だれもがマリアンヌを聖女だと認めるだろう。

こうなったらたっぷりいじめ抜いて、神狼の心を壊してしまえばいい。

マリアンヌのそばに神狼がいる姿を信徒に見せられさえすれば良いのだ。

「ふふ、楽しみです」

マリアンヌは思わず舌なめずりをした。

薄暗い地下牢にマリアンヌはひとり、足を踏み入れる。

「フェンリルさぁん？　元気にしてましたかぁ？」

壁に吊るされてあった拷問具の中から棘付きの鞭を取り、マリアンヌは神狼を繋いだ牢へと向かう。

「いたいたぁ♥　どうしたんですかフェンリルさん。構ってあげなかったから拗ねちゃったのかしらぁ？」

檻の鍵を開けて牢屋に入ると、いつもなら憎々しげに鼻筋にシワを寄せて威嚇していた神狼が起き上がろうとすらしない。

「……おや、本当にどうしました？　嬲りすぎましたか……？　怪我らしい怪我はないようですが……。返事をして下さいな、フェンリルさん」

試しに鞭を鳴らしてみるが、フェンリルはピクリともしない。

信徒の神への信仰を力の源泉とした結界の中で、うずくまったままだ。

「死んではいないようですが、これではまるで抜け殻ではないですか……」

ぐったりして弱っているというよりは、魂がここにはないような……。

「……！　まさか……！」

聖女としての勘がマリアンヌに異変を訴えている。

嫌な予感がした。

「まさか、ここにいる神狼は本当に抜け殻で、本物があの少女のもとにいるのでは……」

神狼は肉体を持つ魔物よりも、精霊に近い生き物だ。存在を分離させることもやろうと思えば出来るかもしれない。

この結界は対象の力が強ければ強いほど封じる力も強くなる仕組みだ。

もし力の大部分をここに残しているのであれば、脱走出来ても不思議ではない。

神狼がくだんの少女と同行しているという話は聞こえてこないが、これから合流するということも考えられる。

「女神様はああおっしゃられていたけど、神狼を奪われるのはまずい。神狼は聖女の象徴とも言うべき存在。このまま放っておけば、各地の信者をあの小娘に奪われる……！」

マリアンヌは鞭を放り出し、事態の収拾を図るべく、地下室の階段を駆け上がる。

「異端審問官……いえ、審問など必要ありません！　そこの者、火急の用件です！　聖騎士団長をここに呼びなさい！」

「は、ははっ！　すぐに！」

マリアンヌの非常呼集を聞いた団長が部下を引き連れて、マリアンヌの前に跪いた。

「聖女マリアンヌ様、火急の用件とはいったい何事でしょう」

「聖騎士団を招集なさい」

「ははっ！　私の直参である第一部隊ならばすぐに動けます！」

「第一部隊だけではありません。聖都にいる全部隊を呼び集めるのです」

「全部隊を⁉　いったい何が起きたというのです⁉」

聖都の聖騎士団の団員は五千人を超える。各地へ派遣している者を除いても二千人が存在する聖騎士団全員の招集とは、ただごとではない。

どこかの国が攻め込んできたとでも言うのか。

「邪教徒です」

「邪教徒がこの街に進軍してきたというのですか⁉」

そんな報告は上がっていない。上司である聖女マリアンヌが先にその情報を握っているとは、聖都の防衛を任された自らの不覚に、団長は激しいめまいがした。

だが、その後マリアンヌから発せられた言葉で、そのめまいが吹き飛んだ。

「軍ではありません。相手は一人です」

「ひ、ひとり、ですと……？　たった一人の邪教徒に、マリアンヌ様は全軍を動かすとおっしゃるのですか⁉」

「そうです。必ず全軍で向かうのです」

団長はマリアンヌがおかしくなったのだと思った。

正気なのかと問いただしたかったが、それをぐっと飲み込む。

マリアンヌは女神の神託を授かる本物の聖女。彼女がやれと言ったことは、それすなわち女神の命令に等しい。

「珍しい黒髪黒目をした少女です。肩に毛玉のような魔物を乗せていますが、どちらかが神狼フェンリルの可能性もあります」

「神狼フェンリル……⁉　あの伝説の……！」

地下牢の存在を知らない団長は、お伽噺に出てくる登場人物の名前に驚きの声を上げた。

「そうです。その邪教徒は本来わたくしのそばに仕えるべき神狼を誑かし、操っているのです。これが邪教徒の仕業と言わずして何と言うのでしょう」

「なんと、そのような悪しき魔女をこの聖都にみすみす入れてしまうとは……！　申し訳ありません、聖女マリアンヌ様……！」

「過ぎてしまったことは仕方ありません。ですが、これ以上の放置は看過できません。今すぐ神狼を私のもとまで届けるのです」

「ははっ！　お任せ下さい！　魔女めはいかがいたしましょう⁉」

「無論、処刑して下さい。神の使いである神狼を攫った大罪は、極刑以外では贖えないでしょう」

「承知いたしました！　速やかに魔女を始末し、神狼を聖女マリアンヌ様のもとへお届けに上がります」

「頼みましたよ」

深々と頭を下げる団長を見下ろし、マリアンヌは自分こそが魔女のごとき笑みを浮かべた。

† † †

「はぁ、終わった……」

メリッサは書類に最後の一文を書き入れる。しかしまだ受付嬢としての仕事は残っているため、ぐったりと机に突っ伏すことは耐え忍んだ。

「パイセン、お疲れっすー」

「ベラちゃん、職務中はちゃんとしなさいって言ったわよね？　怒るわよ」

「うう、怖い……。ちゃんと手伝ったのにぃ……」

「はいはい、ありがとう。晩ご飯ごちそうしてあげるから」

「先輩のそういうところ、あーし大好き」

調子の良い後輩に、メリッサは呆れつつ、この大量の書類仕事を持ち込んでくれた原因に目を向ける。

メリッサの視線の先には、報酬を受け取って、喜ぶカナタたちの姿があった。

「本当に全部のクエストを片付けちゃうなんて。カナタさんは将来有望すぎだわ」

次から次へと大規模だったり大量だったりするクエストをこなしてくれるため、担当のメリッサの忙しさは極まりっぱなしだ。

「メリッサ君、よくやってくれた」

そう言って声をかけてきたのは、壮年のギルド長だった。

「あの不良債権のごとき依頼書の数々を見事消化してくれたそうだね。あんな割りに合わない仕事をよく冒険者に割り振れたものだ」

「割り振ったというか、たった一人でこなしちゃってくれたんですけどね……」

「あ、ああ、あの娘か……」

かつての事件でひっくり返るような事態を引き起こしたカナタのことをギルド長も覚えていた。と言うか忘れられるはずがなかった。

「何はともあれ、成果は成果だ。次のギルド総会では、キミのことを強く推しておくよ。私の次の代は安泰だ」

「え？　いえ、私は冒険者を辞めたわけではなくて、あくまで人手不足というから手伝っているだけで。別に正式なギルド職員になるつもりはなくてですね——」

「分かってくれたまえ、メリッサくん」

沈痛な面持ちでギルド長は言う。

「君のような優秀な人材を手放すわけにはいかんのだよ。それにほら出世街道に乗れば、報酬は冒険者の比ではないぞ！　若くして高給取りだ！」

「その代わり仕事に忙殺されて休みすらなくなって婚期を逃すパターンじゃないですかやだー！」

「先輩、ごしゅーしょーさまです……」

メリッサの悲鳴が響き渡り、ベラが手を合わせてお悔やみを申し上げた。

「メリッサさん、どうしたんだろう？」

報酬を手にしたカナタがメリッサの悲鳴に首をかしげる。

『嬉しい悲鳴というやつだな。カナタが依頼をこなしたことで、担当職員である彼女の評価が上がったのだろう』

『喜ばしいことですね、カナタ様』

「そっかー。メリッサさんが喜んでくれてよかったー」

カナタたちは清々しい気分で、ギルドを後にするのだった。

第4話　真の聖女？　いいえ、モフモフ目当ての魔物使いです！

カナタたちは再び聖都に戻ってきた。

目的は大聖堂へ入ることだ。

カナタが歩いていると、道行く者たちがカナタを振り返り、尊いものかのように拝んでいる。

【真の聖女】の噂(うわさ)はずいぶん浸透してしまったようだ。

『カナタよ、今さらだが、こんなに頻繁に転移を繰り返して魔力は尽きないのか？』

空間転移は本来複雑な術式の魔法陣と大規模な儀式と大量の魔力を必要とする、戦術大魔法だ。

こんなちょっと散歩するような気分で使える魔法ではない。

はずなのだが、現にカナタはその軽いノリで転移魔法を使えてしまっている。

「ぜーんぜん、よゆーだよ。あと千回は疲れずに跳べると思うよ」

『今更の話であったか……。やはりカナタに常識は通じない』

『さすがはカナタ様にございます！』

フェンリルはカナタを褒め称え、しかし大聖堂が近づくにつれ、焦った様子でカナタの進む道を遮ろうとする。

『ところでカナタ様、大聖堂へ行くのはやめませぬか。何も見るところのないつまらない場所です。

この地の貧しい民も救えたことですし、この金は路銀として使うということに……』

「右へ左へ……はうぅ、ちょこちょこ歩くフェンフェン可愛いよう……」

足元をうろちょろする白い毛玉にカナタはうっとりする。

妙に慌てているフェンリルの怪しさに気づく様子はない。

代わりにザグギエルが、カナタの肩からフェンリルを見下ろしながら口を開いた。

『今まで黙っていたが、貴公、何か隠しているだろう』

『な、なな……！　ぶ、無礼な！　隠しごとなど何も……！』

『目が泳ぎすぎだ馬鹿者。ばれていないとでも思ったか』

『くっ、これが魔王の眼力かっ……！』

『ふはは、余をあなどるな！』

単純にフェンリルが嘘をつくのが下手すぎるだけなのだが、ザグギエルはここぞとばかりにマウントを取った。

「んー、本当にフェンフェンが行ってほしくないなら、諦めるけど」

モフモフの気配は未だ大聖堂から感じるが、愛しいフェンリルの言葉であれば聞かないわけにもいかない。いや、むしろ喜んで聞いちゃう。

『ありがとうございます、カナタ様！　では、早くこの場を離れましょう！　さぁさぁ！』

フェンリルがカナタを急かそうと、前足でカナタのふくらはぎを押したところで、男の太い声が轟いた。

「いたぞ‼　あそこだ‼」

街中の人間が何事かと声の方向を向くと、全身に甲冑を着込んだ男が、カナタを指差していた。

同時に、甲冑の鳴る音が大量に聞こえてくる。大勢の騎士たちが隊列を組んで押し寄せてくるところだった。

『大聖堂の方から出迎えにきた、というわけではなさそうだな』

長い戦斧槍を携えた騎士たちは通行人たちを押しのけ、カナタを一斉に取り囲む。

ザグギエルがカナタの頭の上でぽつりとつぶやく。

「おそらくあの毛玉のどちらかがマリアンヌ様のおっしゃっていた神狼だ！　生け捕りにしろ！女の方は殺して構わんとのご命令だ！」

「潔く神狼をこちらに渡し、死ぬがいい！　魔女め！」

聖騎士たちは、カナタを何と伝えられたのか、異端の魔女として処刑するつもりのようだ。

「魔女？　いいえ、魔物使いです。モフモフばんざい」

カナタは大勢の騎士に囲まれても、相変わらずの調子で答える。

「モフモフ……？　何を意味不明なことを……。もしやそれが噂の邪教の聖句か！　聖騎士の前で邪教の聖句を唱えるとは！　神聖教会を侮辱したな！」

カナタを取り囲む先頭の聖騎士たちは、怒りをあらわにハルバードを突きつける。一歩でも動けばカナタを貫くつもりだ。

「せ、聖騎士様！　やめて下さい！　その人は、その人こそが真の聖女様なのですよ！」

「やかましい！　聖都の聖女はマリアンヌ様だけだ！　邪魔立てすると、貴様も邪教徒とみなすぞ！」

「ひ、ひぃっ！」

「見せ物ではないぞ！　散れい！」

聖騎士たちがハルバードを振り回し、人々を追い払う。

『何ということだ……』

フェンリルは顔を青ざめさせた。恐れていたことが現実になってしまった。

この聖騎士たちを倒しても、もはや意味がない。

神聖教会全体が、カナタを神敵と認定してしまったのだ。

これからどこへ行っても邪教の徒として追われることになってしまう。

『申し訳ありません、カナタ様……。これは我の失策です……。もっと早く事情を話して聖都を離れるべきでした……！』

「フェンフェン……」

『せめて我が時間を稼ぎます……！　その間にお逃げ下さい……！』

駆け出したフェンリルは、懸命に足を掻くが、一向に前に進まない。

すでにカナタにキャッチされた後だった。

「フェンフェン、めっ」

『カナタ様……』

カナタはフェンリルを見据える。

「フェンフェン、わたしたちはもう仲間でしょう。だったら、自分一人で決めたりしないで。きっと何とかしてみせるから」

そう、まっすぐに言われ、フェンリルの瞳から涙がこぼれた。

そして、意を決して隠していた事実を話す。

『実は、あの聖堂には我の本体があるのです……』

『貴公が以前言いかけたことは、本当のことだったのだな』

『ああ、この姿は本体から切り離した分け身に意識を移したものなのだ』

『なるほど、神狼は精霊に近い種族なのか。我ら魔族には馴染みのない能力だ』

『代わりに力のほとんどを失ってしまったがな』

フェンリルは自らの姿を見回し、自嘲した。

『……カナタ様、神聖教会は神を妄信する偽の聖女に支配された恐ろしい組織です。一度怒らせれば何千万という信徒が敵に回るでしょう。我もまた卑怯な罠にかけられ、長く囚われてしまいました……。ですが、寂しさに耐えきれず逃げ出そうとせずに、最初からあそこで大人しくしていれば、こんな事態にはなっていなかったでしょう……』

「んーん。フェンフェンはそうまでして、わたしに会いにきてくれたんだね。ありがとう、フェンフェン」

『カナタ様……』

フェンリルはぐすぐすと鼻をすすった。

「大聖堂に行けば、フェンフェンは元の姿に戻れるのかな？」

『はい、ですがカナタ様を危険な目に遭わせられぬと、誤魔化してきたのが裏目に……申し訳ありません……カナタ様……！』

「謝るのはもうなしだよ、フェンフェン」

カナタは慈母のような微笑みで、フェンリルを抱きしめた。

『か、カナタ様ぁ……！』

フェンリルは感動で耳がじんじん鳴り、涙で視界が歪んで何も見えなくなってしまった。

ゆえに、カナタがどんな表情で、何をつぶやいていたかまったく聞こえていなかった。

「そう……あそこに大きいフェンフェンが……モフモフ……モフモフ……うふふふ……うふふふふふふふふふふふふふふ……」

目をハートにさせたカナタは、自らの欲望を解放するため、一歩前に進む。

「き、貴様！　動くな！」

「もういい！　殺せ！　毛玉にだけは当てないようにしろ！」

聖騎士たちがハルバードを槍のように突き出す。

鋭い刺突は、逃げ場のない鋼の雨となって、カナタに降り注いだ。

神聖教会の聖騎士はエリート中のエリート。幼い頃から神聖教会の守り手となるべく鍛えられた彼らの戦闘能力は、冒険者ギルドの等級を基準にすると、最低でもB級を超えている。

その強者が、法儀式済みの祝福された鎧を纏い、同じく強力なハルバードを持ち、訓練された動きで連携を取って襲いかかってくる。

魔物の群れに遭遇するより遥かに恐ろしい状況だ。

彼らはしかるべき準備さえすれば、暗黒大陸に棲まう凶暴な魔物でさえ屠れる自信があった。

『無駄なあがきよ。貴公らは誰を相手にしているか分かっていない』

そう、聖騎士の眼前にいる少女は、その暗黒大陸からやってきた魔物の軍勢をただ一人で倒しきった存在なのだ。

カナタの柔肌に突き立とうとしていたハルバードの切っ先は、ねじれ、折れ曲がり、砕け散った。

「「ば、馬鹿なぁっ⁉」」

カナタが発動した防御魔法は、あらゆる攻撃を防ぐ障壁となって、聖騎士たちのハルバードを破壊した。

「はい、通ります通りまーす」

歩くカナタと同じ速度で移動する障壁は、聖騎士たちを無理矢理に押しのけた。

「ぐ、ぐおおおっ！　止められんっ！　何なんだこの壁は⁉」

「お、応援だ！　応援を呼べ！　全軍で相手にしないと、この女は止まらん！」

『果たして、全軍程度でカナタが止められるかな？』

ザグギエルがニヤリと笑う。しかし彼は特に何もしていない。カナタの頭の上で箱座りをしているだけだ。

大量の聖騎士たちが通りを進むカナタに群がり、しかし障壁に押しやられて、まるで自ら道を空けているかのように、二つに割れていく。

「なんという……！　まるで海を割って民を導いたという始まりの聖女のようだ……！」

「これは奇跡よ……！」

「やはりあのお方こそ、真の聖女様なのだわ……！」

聖都の民はまるでカナタに誘われるように、その後を追いかけていく。

カナタがこれから起こす奇跡を予感し、その瞬間を目に収めるために。

†　†　†

「行け！　進め！　押し返せぇぇぇぇっ！」

「無理です！　まったく止まりません！」

「泣き言を言うなぁぁぁぁぁっ！」

「むしろ泣きたいです！　なんなんですかあれはぁっ⁉」

突撃する聖騎士たちは、なすすべなくカナタの障壁に勢いを殺され、両脇に押しのけられていく。

そしてその後ろを、祈りを捧げながらついていく聖都の民たち。

まるで物語に謳(うた)われる始まりの聖女の行進だ。虐げられていた民たちを救い、困難の先頭に立って導いたという伝説の再現に他ならない。

聖騎士の中にも、自分は奇跡を目の当たりにしているのではないかと思う者まで出始めていた。

「モフモフ……モフモフ……ふふ、うふふふふ……」

実体はモフモフ目当てに大聖堂を目指しているので、特に民を救いも導きもしていないのだが、事情を知らない者たちからすれば神々しい奇跡にしか思えなかった。

ついにカナタは大聖堂へと繋がる一本橋のところまでやってきた。

「ひ、ひぃっ……⁉」

以前、カナタを追い返した門番の騎士が、恐れのあまり腰を抜かして尻餅をついている。

「あ、これ、金貨一〇〇枚です」

門番の騎士に喜捨が入った袋を渡し、カナタは橋を渡った。

「みんな、ここまでだ。ここで真の聖女様のなさることを見守ろう」

「そうだ、何が起こるか知らないが、きっと凄い奇跡が起きるんだ」

「予感がするの。きっと今日聖都は生まれ変わる。それだけの何かが起ころうとしているんだわ」

カナタの後をついてきた民たちは、橋を渡るカナタに祈りを捧げて見送る。

上辺だけの神聖さを重視し、金を集めることに終始し、弱き者を救わず、裏でのうのうと悪事を働く。

聖都の民は薄々気づいていた。この街の歪さに、神聖教会の裏の顔に。

だが、誰も何も言えなかった。疑問の声を上げれば、それは背教と見なされるからだ。

恐ろしかった。背教者と指を差されることが。世界を敵に回すことが。神の怒りに触れることが。

それが今日変わる。

聖都の民たちはそんな予感をひしひしと感じていた。

† † †

「なんですって⁉」

慌てて駆け込んできた聖騎士の知らせに、マリアンヌは驚愕（きょうがく）した。

聖都最強の聖騎士団を送り込んだにもかかわらず、くだんの少女には指一本触れることが出来なかったというのだ。

「そ、そんな馬鹿なことが……」

「お邪魔しまーす」

入場を知らせるハキハキとした声と共に、固く閉じられた大聖堂の大扉が、酒場のスイングドアのような気安さで開かれる。

「ひ、ひぃっ⁉」

ここに来るまでに散々カナタの恐ろしさを味わった聖騎士たちは怯（おび）えて後ずさる。

「……情けない。これが終わったら、あなたたちは聖騎士解任です」

マリアンヌもまた一瞬怯（ひる）んだものの、自分の優位は変わらないと高笑いした。

「異端の魔女よ。よくもやってくれましたね。ですが、ここは神聖教会の大聖堂。女神様のご加護が降りそそぐこの場所で好きに出来るとは思わないことですね」

マリアンヌは祈りを捧げる。

祈りは大聖堂に仕掛けられた大魔法の術式を発動させ、天井高く吊るされた巨大なシャンデリアが明滅する。

「神罰執行‼」

マリアンヌがカナタを指差すと、シャンデリアから幾筋もの雷が落ちてくる。

凄まじい雷撃は周囲にいた聖騎士まで巻き込み、床を剥がすほどの威力でカナタたちを舐め尽くした。

黒焦げた臭いが立ちこめる。

直撃を食らっていない聖騎士たちは鎧を焦がし、ピクピクと痙攣しながら泡を吹いている。

シャンデリアの真下にいて、雷撃を一身に浴びたカナタは――

「うわわ、ザッくん、フェンフェン、凄いことになってるよ！」

『む、なにやら全身がチクチクしておる』

『電気で毛が逆立ってしまったのか』

「ぼ、ボワボワのモフモフ……！　可愛すぎるっ‼」

雷撃の余波でボールのように毛が逆立った二匹に、カナタはキュンキュンした。

もちろん、被害は皆無である。服の一つも焦げていない。

「そ、そんな、あの雷撃を受けて無傷なんて……！」

あれはただの雷撃ではない。神の力を用いた本物の上位魔法だ。いかなる生物であろうと、あの雷撃の前には無力なはず。

「神が彼女を攻撃すべきではないと言ってるんだ……！　やはりあの人こそ本物の聖女なんだ……！」

神聖教会を代表する聖女マリアンヌの前で、よくそんなことが言えたものだ。この聖騎士は解任だけでは済まさない。

マリアンヌはそう決めて、踵を返した。

「あなたたちはここを死守しなさい」

「ま、マリアンヌ様⁉」

「どちらへ⁉」

狼狽える聖騎士たちを置いて、マリアンヌは次の罠を発動させる準備をする。

この大聖堂に仕掛けられた対侵入者用の術式はいくつもある。

どれも必殺の一撃だ。先ほどの雷撃をどうやって回避したかは分からないが、奇跡は二度も三度も起きるものではない。

「次で仕留めてあげますわ……！　わたくしの城で好き勝手できると思わないことですね……！」

それはもう、好き勝手に大聖堂を蹂躙された。好き勝手された。

マリアンヌが用意した罠はそのことごとくがカナタに通じず、わずかに足を止めることさえ出来

ない。

　本来ならばマリアンヌと大聖堂を守らねばならない聖騎士たちは、すっかり怖じ気づいてカナタに降伏していく。

　火炎、吹雪、猛毒、呪詛、催眠。あらゆる攻撃がカナタには通用しない。

　カナタを守る障壁が、その一切を遮断してしまうのだ。

「そんな……！　嘘よ、うそ、うそうそ……！」

　マリアンヌは絶望と混乱の中、必死でカナタから逃げ回っていた。

「どこへ行こうというのかねー」

　ふははは！。とカナタは笑いながら、悠々と歩いて追いかける。

「はぁっ……はぁっ……、ば、化物っ……！」

　マリアンヌは足をもつれさせながら大聖堂の上階へ逃げる。

「最上階に着きさえすれば……！」

　最上階のマリアンヌの自室には奥の手があった。

　女神から与えられた、最高の武器だ。

　あれさえあれば、この怪物のような少女でさえ、屠れるはずなのだ。

「目に物見せてあげるわ……！」

「何を見せてくれるんですか？」

「ひぃっ⁉」

階段の途中で、ついにカナタに追いつかれてしまった。

腰を抜かしたまま、逃げようとするマリアンヌ。

「い、いや……！　来ないで……！」

「分かりました」

「えっ？」

「道をお尋ねしたかったんですけど、自分で探すことにしますね」

そう言うとカナタは、軽やかに階段を下りていった。

「どういうことなの……？　いいえ、今は最上階を目指さないと……！　見逃したことを後悔させてあげます……！」

マリアンヌはカナタの不可思議な行動に驚きながらも、最上階の自室を目指して這いつくばりながら階段を上った。

腰が抜けたまま、無様に自室までたどり着いたマリアンヌは、奥の手を発動させる。

「目覚めなさい、天使たちよ！」

マリアンヌの呼びかけに、部屋の壁に飾られていた二体の巨像が軋むように動き始めた。

翼を生やした天使の雄々しい石像だ。

神より天使の概念を与えられたこの二体の守護者ならば、あの化物のような少女が相手でも負けるはずがない。

神の力に、人間が敵うはずがないのだ。

「いつでも、かかってきなさい……！」

マリアンヌはカナタがやってくるのを待った。

「…………」

待ち続けた。

「…………」

抜けていた腰が戻って、お茶を一杯淹れる時間が出来ても、待ち続けた。

「…………。……な、なぜ来ないのですっ⁉」

† † †

カナタはなぜ聖女マリアンヌのもとへ向かわないのか。

それはもちろん彼女を倒すのが目的ではないからだ。

「もっふもふ♪　もっふもふ♪」

カナタは鼻歌を口ずさみながらフェンリルが囚われているという牢獄へ向かっていた。

『カナタ様、そちらの扉を開けて、地下に下ったところです！』

「はーい」

フェンリルの案内に従って地下牢にカナタはたどり着く。

そこには大きな白い狼が繋がれていた。

「モフモフー！　大きいモフモフー！」

カナタの視界には、神狼の姿しか浮かばなくなった。

『カナタ様！　お待ち下さい！　そこには強力な結界が！　というか牢が！』

「えっ？」

カナタは鋼鉄の牢屋を飴細工のように引きちぎり、結界を踏みつける。

その瞬間、強者に対するほど強い拘束力を発揮するはずの結界は、キャパシティの限界を超える強者を拘束して逆に自らが砕け散った。

『……いえ、なんでもないです』

牢も結界も、カナタには何の障害にもならなかった。

『カナタ様、失礼します』

フェンリルはカナタの肩から飛び降り、うずくまる白い神狼に頭をすり寄せた。

そして触れた部分から光があふれ出し、そのまばゆさが地下牢を白く染め上げるほどに強くなる。

カナタが眩しさから閉じていた瞳を開けると、そこには意識を取り戻した神狼フェンリルの姿があった。

軋む体をよろよろと起こしたフェンリルは、カナタの前にお座りし、姿勢を正した。

そして改めて名乗りを上げる。

『我が名は神狼フェンリル改め、カナタ様の従者フェンフェン。元の力を取り戻した今こそ、カナタ様のお力になりましょうぞ！』

『くっ、ちょっと格好良いではないか……』

誇り高く名乗り上げたフェンリルに、ザグギエルは嫉妬し、カナタは全力で飛びついた。

「大きいモフモフフゥウゥウゥウゥウゥッ‼」

『カナタ様⁉』

「モフモフ！　ハァハァ！　モフモフハァハァ！」

フェンリルの体に顔を押し付け、思う存分モフモフ成分を補給するカナタ。

だったが、そのテンションが徐々に下がっていく。

「ごわってる……」

『は？』

「なんかごわってるの！」

カナタはプリプリと怒った。

「ゴワゴワだよー！　モフモフじゃないよー！　……あとちょっと臭い」

長い間、過酷な牢屋生活だったため、フェンリルの体の汚れはなかなかに悲惨なものになっていた。

『も、申し訳ありません？』

カナタによって応急手当て（？）の浄化魔法を受けながら、フェンリルは頭を下げる。

『ふっ、貴様もまだまだ最強(モフモフ)には程遠いとカナタは言っているのだ』

『な、なるほど……。これからも精進いたしますので、よろしくお願いいたします』

「うんっ。モフモフになってね！　とりあえず帰ったらお風呂ね！」

『風呂と強くなることに何か関係があるのだろうか……。いや、カナタ様のすることにはきっと何か意味があるはず……！』

『その通りだ。カナタが何も言わずとも、上手く察せられるのが出来る従僕の条件よ。貴公もよく分かってきたではないか』

何も分かっていなかった。

うんうんと頷くザグギエルと、なるほどとしきりに首肯するフェンリル。

彼らの誤解は深まることはあっても解けることはなさそうだった。

† † †

「じゃあ、目的も果たしたし、帰ろっか」

大きなお風呂付きの宿に泊まって、フェンフェンをしっかり洗わなきゃと、カナタは鼻息を荒くする。

『お待ち下さい、カナタ様。やはり、我はあの偽聖女は放ってはおけません。あやつは信仰という手段でこの世界を支配しようとする悪党です！』

「フェンフェンも大モフモフになったし、わたしはもう帰ってもいいんだけど。あの人あんまりモフってないし……」

『いや、カナタよ。ここで逃せば神聖教会に常に狙われることになるだろう。追手や懸賞金までかけられる恐れがある。ここであやつをしっかりと懲らしめることで、後顧の憂いを断つのだ』

「そお？　それってそんなに大事なことじゃないと思うけど……」

『カナタは神聖教会を敵に回すことが大事ではないと言うのか！　その度胸、さすがは余の主よ』

『カナタ様はお優しい。あのような悪女さえも見逃そうとおっしゃるのですね。分かりました。あの女が手向かうことがあっても、我がカナタ様をお守りしてみせます！』

「じゃあ、話がまとまったところで、帰ろう帰ろう」

『うむ』

『そうしましょう』

満場一致で三者は地下牢を出て、大聖堂の大扉を出た。そこへ、何者かが天井を突き破って現れた。

「帰るなぁぁぁぁぁぁぁぁぁぁぁぁぁぁぁぁぁぁぁっ‼」

待ちぼうけを食らった聖女マリアンヌとその供をする天使像だった。

怒りでぜぇはぁと息を荒らげるマリアンヌの形相はとても聖女とは呼べないほど歪んでいた。

「今か今かと待ち構えていたら、わたくしを放って置いて帰るですって……！　どこまでわたくしを虚仮にすれば気が済むのですか……⁉　怒りを我慢するのも限界ですよ……！」

マリアンヌの怒りを体現するように、そばに控えていた二体の天使像が前に出る。

翼を大きく広げ、今にも襲いかかってきそうだ。

『ここはお任せ下さい、カナタ様』

『有言実行というわけだな。余も付き合おう。貴公がその姿で戦うのであれば、余も封を解いて構わんな』

フェンリルがカナタの前に立ち、その横に並んだザグギエルが毛玉から魔王へと姿を変える。

「馬鹿なことを……。神狼フェンリル、あなたは一度この天使像たちに敗れたことを忘れているのですか？　仲間が一人増えたくらいで、何が変わると思うのです？」

『忘れてなどいない。不意を突かれたなどと言い訳をする気もない。だが、二度目はない。それだけだ』

「言うではないか、たかが天使の模造品が。魔王に相対する資格があるか、直々に試してやろう」

フェンリルは身をかがめ、力を溜める。

ザグギエルは手首の骨を鳴らして、泰然と構えを取る。

「っ！　行きなさい天使たちよ！　あの愚か者どもに神罰を与えるのです！」

「貴公は右、余は左の天使を引き受けよう」

『了解した』

向かってくる天使たちに、ザグギエルとフェンリルは初めてとは思えないほど息の合った動きで対応する。

ザグギエルの爪の一撃が天使の片腕を落とし、フェンリルの牙が足を砕く。

「天使の硬い体を一撃で……!?」

「余らを誰だと思っている」

『カナタ様の従僕だぞ』

思わぬ大ダメージに、二体の天使は後ろに下がりながら強く羽ばたく。天使の羽根が矢のように降り注いだ。

当たればただでは済まないだろう。だがザグギエルは恐れず前に進み、後から追いかけてきたフェンリルの咆吼が冷気の奔流となって羽根を凍り付かせる。

「『終わりだ』」

ザグギエルの爪とフェンリルの牙が交差し、二体の天使を木っ端微塵に砕いた。

「そ、そんな……！　強すぎる……！　天界の力ですよ！　上位の世界の力に下の位階の者の力が届くはずがないのに！」

マリアンヌは髪をかきむしって錯乱した。

「ふっ、意思を持たぬ石の像が、主を得た余らに勝てるはずがあるまい」

『独り世界を彷徨っていた頃の我と同じと思うなよ』

「く、くうううううううううっ‼」

マリアンヌは血が出るほど唇を噛みしめ、頭にかぶったベールを叩きつけると、一目散に逃げ出した。

「むっ！　また逃げるか！」

『流石にもう見逃せんぞ。大人しく捕まり、罪を償うが良い』

奥の手まで失ったマリアンヌは、逃げ続けて大聖堂の最奥にたどり着いた。

そこには女神を模した美しい像が佇んでいる。

「め、女神様……！　女神様……！　どうかわたくしの声をお聞き届け下さい……！」

懸命に祈りを捧げると、石像に光が降りそそぐ。

「あ、ああ、女神様ぁ……」

安堵に表情を緩めるマリアンヌにかけられたのは、女神の口から出たとは思えない罵倒の言葉だった。

『この、役立たずが……！　私の言うことに背いて勝手に手を出した挙げ句、大事な天使の石像まで破壊されるとは……！　あれを一体造るのに、どれほどの信仰力を消費すると思っている……！』

「お、お許しください……！　女神様！　どうか、どうか、わたくしをお助けください！」

助命を乞うマリアンヌの姿に、女神がすぅっと目を細める気配がした。

それはマリアンヌにもはや何の価値も感じていない視線だった。

『……挽回の機会を求めるなら、さらなる力を与えることも考えましたが、まさかの命乞いとは。聖女ならば最後まで神の敵に抗うべきでしょう？　そんなことも出来ない恥知らずの聖女には、それにふさわしい罰を与えてあげましょう。せめてあの重魂者に傷の一つでも与えてみせなさい』

「め、女神様……？」

卑屈な笑顔を浮かべたマリアンヌに、白々しいほど神々しい光が降りそそぐ。

『おお、聖女マリアンヌ・イシュファルケよ！』

女神は高らかに歌った。

『神敵を滅ぼすためならば、我が身がどうなってもいいとは、何という献身か！　貴方のような敬虔な信徒に、このような試練を与えるのは心苦しいですが、貴方が是非にと望むのでは仕方がありません。女神として、貴方に奇跡を授けましょう！』

「め、女神様……？　な、何を言って……？」

マリアンヌは呆然とつぶやく。

そして自分の足元が揺れていることに気がついた。

揺れの原因は目の前の女神像だ。

女神像は激しく揺れながら徐々に液状化し、マリアンヌを飲み込んだ。

「い、いやあああああ！　女神様！　お許しください！　女神様ぁぁぁぁぁっ！　誰か、誰か助けてぇぇぇぇぇぇぇぇっ‼」

『なっ⁉　これはいったい⁉』

『女神像に聖女が食われた……⁉』

「女神め、余に呪いをかけたときと同じことをしたな……！　無理矢理、神の試練や奇跡の枠組みに収めることによって、世界に過干渉をもたらす姑息な技よ！」

聖女を取り込んだ石像は、生き物のように脈打ち始め、それのみならず、ザグギエルたちが破壊した天使像の残骸まで床を這って集まってきた。

『今のうちに破壊するか？』

「いや待て、今攻撃すれば、余らも取り込まれかねん」

ザグギエルの言うとおり、脈打つ石像は周囲のものを食らい尽くそうとしているようにさえ見えた。

それだけ大量のエネルギーを必要とする何かが生まれようとしているのだ。

そしてその時はすぐに訪れた。繭のように固まっていた石が割れ、中から新たな生物が誕生する。

「GYAOOOOOOOOOOOOOOOOOOOOOOOOOOOOOO‼」

甲高い産声を上げるそれは、あまりにもおぞましい怪物だった。

発達しすぎた筋肉、ねじくれ曲がった角、蝙蝠のような翼に、蟲のような六つの複眼。

そして、色だけが不気味に白い。

まるで純白の悪魔といった出で立ちだ。

「これは……先ほどの天使像の比ではないな……。女神め、とんでもないものを降臨させたものだ」

『おそらく、潜在する力だけで十倍、いや百倍はくだらないぞ……』

魔物の中では最強の一角であるザグギエルたちが、彼我の戦力差にうめく。

「GYAOOOOOOOOOOOOOOOOOOOOOOOOOOOOOO‼」

この世の全てを憎むような鳴き声だ。

中に取り込まれたマリアンヌの意識はとうに溶けて、天使や女神の石像と融合してしまっている。

自我は消えて肉体も消失し、もはやあの怪物の中から助け出すなど不可能だ。

純白の悪魔がザグギエルとフェンリルを見た。緊張に汗が流れ落ちる。

聖女の全存在を生贄(いけにえ)に産まれた怪物は、ザグギエルとフェンリルを——無視した。

「な」

『に……？』

純白の悪魔が向かう先は、腕を組んで待っているカナタのところだった。

「か、カナタ！　逃げろ！　余が甘かった！　それはこの世界に住む者が勝てる存在ではない！」

『お願いします！　カナタ様！　我らが盾になっている間に早く！』

焦るザグギエルとフェンリルに対して、カナタは閉じていた瞳を静かに開けた。

そして、純白の悪魔を見つめ、小さくつぶやく。

「うーん、モフ度ゼロ」

†　　†　　†

「GYAOOOOOOOOOOOOOOOOOOOOOO‼」

怪物が力を込めると、それだけで魔力が膨張し、空間が爆発し、聖堂の天蓋を吹き飛ばした。

その様子を外から見ていた聖都の住民たちが悲鳴を上げる。

そして爆発した聖堂の中から、翼を羽ばたかせて現れた者がいた。

「な、何だあれは⁉」

「怪物だ‼」

「どうして大聖堂から怪物が出てくるの⁉」

突如出現した、純白の悪魔の姿に民はパニックに陥った。

怪物は聖都で最も高い建物の天蓋を突き破って現れたのだ。カナタについてきた人々だけでなく、聖都中の人間が目撃していた。

「なんという攻撃力だ。魔力を放出しただけで建造物を破壊するなど……」

『カナタ様が障壁で守って下さらなければ、無事では済まなかったかも分からんな……』

障壁を張り、上に飛んで爆発の衝撃を逃したカナタたちが、崩れかけた聖堂の屋根に着地した。

ザワザワという民の騒ぎ声が聞こえてくる。

「このままではあそこにいる者らにも被害が出かねんぞ」

『我らがここで逃げれば、あの者らが犠牲になる、か』

「……なんて硬そうな羽なの……ひどい……どこにもモフがない……」

空気感の違う主従であったが、純白の悪魔には関係がない。

「ＧＹＡＯＵ‼」

翼を大きく広げたかと思うと、その巨体からは信じられない速度で突っ込んできた。

狙われたのはカナタだ。

核となった聖女マリアンヌの怒りなのか、それとも女神による命令なのか、純白の悪魔の狙いは完全にカナタに定められていた。

振りかぶった拳が障壁に叩きつけられる。

オーガの攻撃を防ぎ、聖騎士団を押しのけ、魔力の爆発からもカナタの身を守った障壁が、純白の悪魔の拳を受け止め、ガラスのように砕けた。

「カナタ！」

『カナタ様！』

カナタの防御が貫かれたのをふたりは初めて見た。

「GYAOOOO‼」

障壁を砕いた悪魔は、間髪容れずもう片方の腕を振り上げ、更に振り下ろす。

砕けた障壁の中を悪魔の拳が突き進み、カナタに触れる直前に新たな障壁がその一撃を防いだ。

「大丈夫だよー」

カナタは心配するザグギエルとフェンリルに笑顔を向ける。

悪魔が拳を叩きつける度に、障壁は一枚ずつ砕かれていく。しかし、壊される度にカナタが新しい障壁を作るため、攻撃は一向にカナタに当たらない。

「GYAOOOOOOOOOOOOOOOOOOOOO‼」

悪魔は怒りを露わにし、我武者羅に拳を叩きつける。

その速度は瞬きする間に数百という数に迫り、しかしそれをしのぐ速度でカナタの障壁が生成されていく。

殴る殴る殴る。

防ぐ防ぐ防ぐ。

攻撃の余波で大聖堂の屋根はめくれ上がり、美しかった聖堂が徐々に崩れていく。

しかし、カナタにはそよ風一つ届かない。

「GYA、GYAOOOoo……」

無限の魔力を内包していると思われた悪魔の攻撃が徐々に弱まってきた。

障壁を砕くことも出来なくなり、悪魔は根負けして膝を突く。しかしカナタの障壁の生成速度は止まらない。

大きく成長した障壁に弾き返されて、悪魔は半壊した屋根の上を転がった。

疲労困憊した悪魔は起き上がることも出来ずにいる。

「じゃあ、今度はこっちの番だね」

その言葉を聞いて、悪魔は震え上がった。

しかし魔力を使い切り、疲れ切った体は動こうとしない。

「ふーむ、なるほどなるほど」

カナタは悪魔の周囲を回りながら、何かを観察し始めた。

「ここかなー」

そして、おもむろに両手を貫き手の形にして悪魔の胴体に突き込んだ。

「GYAO!?」

カナタの貫き手が体を貫いたにもかかわらず、悪魔はダメージがないことに困惑した。

「でもって、こう」

カナタは悪魔の体の中の何かをつかみ取った。

それを壊さないよう、魔力を操作して慎重に集めていく。

「よし、こんな感じ！」

カナタが力を込めると、悪魔の体に亀裂が走り、そこから強い光が漏れ出してくる。

そして閃光(せんこう)が晴れたとき、そこには悪魔の抜け殻と、気を失った全裸のマリアンヌがカナタの腕に抱かれていた。

『な、なんと……!?』

「完全に融合を果たしていた怪物から、この女だけを再構成したのか……！」

フェンリルとザグギエルが驚愕(きょうがく)する。

「よいしょ。うん、気を失ってるだけだね」

カナタはマリアンヌの無事を確認する。

その奇跡のような光景は、戦いの行方を見守っていた聖都の民全員が目に収めることになった。

「か、怪物が消えて、中からマリアンヌ様が！」

「怪物はマリアンヌ様だったのか……!?」

「違うよ！　きっとマリアンヌ様はあの怪物に操られていたんだ！」

「そうか！　それを真の聖女様が助け出したんだ！」

「すごい！　怪物を退治するだけじゃなく、その中に囚(とら)われていたマリアンヌ様まで救助するなんて！　やはり彼女こそが真の聖女なんだ！」

「「聖女様！　聖女様！　聖女様ー!!」」

「あ、この人の髪柔らかーい。そんなあなたには十モフあげましょう」

カナタは人々からの大歓声など聞いておらず、助け出したマリアンヌの髪をなでくり回す。

「カナタはいつでもどこでも変わらぬのであるなぁ」

『人々の称賛など求めない。常に自分の心の正義に従って生きる。それでこそ、カナタ様です……！』

カナタを褒(ほ)め称(たた)える声は、日が沈むまでやむことはなかった。

†　　†　　†

「ああ、カナタ様ぁん！　お信仰(したい)しておりますぅ！」

全身から愛をまき散らしながらカナタにまとわりつくのは、先日助けたマリアンヌだ。

女神に見捨てられ、石像と融合させられて魂まで溶けた彼女はカナタの手によって再誕した。

その際に何かを悟り、真の信仰に目覚めたのか、マリアンヌは心の底から改心していた。

「なんでもお命じください！　カナタ様のためなら、このマリアンヌは何でもいたしますぅ！」

「んー、特に困ってることはないですね」

「そんなぁ……。靴でもお磨きしましょうか。わたくしの舌で」

「遠慮しておきます」

「しゅーん……」

犬のようにまとわりついてくるマリアンヌだが、モフ度が低いのでカナタの扱いは素っ気ない。

『貴公、変わりすぎだろう』

『誰だ貴様は』

ドン引きした様子で、ザグギエルとフェンリルはマリアンヌにツッコミを入れる。

マリアンヌは確かに改心した。

だが、それと同時に改宗までしてしまったのだ。

「これからは神聖教会はあの糞女神ではなく、カナタ様を崇める宗教へと教えを変えます！　カナタ教会の誕生です！」

よりにもよって神聖教会の総本山が改宗とは。

問題は山積みだが、これで女神への信仰心は大きく下がり、こちらの世界に干渉もしにくくなるだろう。

「いいえ、駄目です。ノット、カナタ教です」

「どうしてですか⁉　どうか迷い子たる我らをお導きください！　カナタ様こそ真の聖女！　真に我らが信仰すべきお方です！」

「いいえ、違います」

カナタがピシャリと遮る。

「あなたたちが信仰するべきはわたしではなく……」

「ではなく……？」

「モフモフです」

「モフモフ……？」

「そう、モフモフです」

キョトンとするマリアンヌに、カナタは自信満々に教えを説いた。

「汝、モフモフを愛せよ。右の頬をモフられたら、左の頬を差し出しなさい。モフが二倍でもっと気持ちいいでしょう」

「？？？」

マリアンヌには分からない。価値観があまりに違いすぎて、理解が及ばないのだ。

「わたしに恩返しをしたいというのであれば、謝礼も崇拝も必要ありません。わたしが求めるものはただひとつ、モフモフだけなのです！　さぁ、モフモフを用意しなさい！　モフモフならいくらでも受け取りますよ！」

「……な、なるほど！」

マリアンヌは言葉を理解できなかったが、カナタの真意は理解した。

考えるな。感じろ。そうカナタは言っているのだ。

「モフモフとはつまり、我らをつなぐ聖句なのですね……！」

きっとモフモフは大きな括りの言葉なのだ。【小さな幸せ】や【隣人への愛】といった意味があるにちがいない。

これからは神に祈るのではなく、聖句を唱えて日々を健やかに生きろとおっしゃられているのだ。

「なるほど！　分かりました！」

ぜんぜん分かっていない。

何もかも間違っているのだが、マリアンヌは絶望から救ってもらったことでカナタへの信仰が天元突破していた。カナタの言うことは全て正しいのだ。

「モフモフですね！　カナタ様！」

「そうです！　モフモフです！　もしモフモフを見つけたらご一報を！」

「はい、きっと見つけてみせます！　素敵なモフモフを！」

この日を境に、本当にモフモフ教が生まれてしまうのだが、モフモフの意味を間違って伝えてしまったカナタがその恩恵を受けることはなさそうだった。

† † †

「おお、フェンフェンすごい！　馬車がちゃんと動いてるよ」

『ははは、軽いものです』

ハーネスを付けたフェンリルが力強い歩みで馬車を牽(ひ)く。

『どうだ、元の体に戻れば馬車を牽けるというのは、嘘(うそ)ではなかっただろう。貴様には無理な芸当だなっ』

『ふんっ、余とて元の姿に戻れば余裕綽々よ。だが、魔王たる余が馬のように馬車など牽けるか。駄犬にこそ相応しい仕事だ。キリキリ歩くが良い』

『なんだとう⁉』

そう言って、フェンリルの尻尾から分離したのは、白い毛玉のフェンリルだ。

そして毛玉のフェンリルがザグギエルに飛びかかってくる。

『『誰が駄犬だ！　訂正しろ！』』

『意識を持ったまま分離できるのか⁉　おかしな体質をしおって……！』

『『訂正しろー！　訂正しろー！』』

『ええい、同時にしゃべるな気色が悪い！』

「す、すごい、これは実質モフが二倍になったのでは⁉　フェンフェンを抱きしめてフェンフェンを枕にして寝られるのでは⁉　そしてザッくんはわたしを枕にすれば完璧なのでは⁉」

二匹はいつものようにケンカを始め、カナタは白黒モフサンドを想像し、期待に胸を膨らませた。

そんな彼らを聖都の大勢の住民たちが見送ってくれる。

「「「モフモフー！　モフモフー！」」」

聖都はカナタの活躍によって大きく変わった。

神聖教会は信仰を利用して金を稼ぐことをやめ、喜捨の額によって扱いに差を作ることもやめた。

大聖堂の周りだけを病的に綺麗にした張りぼての神々しさを捨て、余裕の出来た予算で貧しい人々にも医療と食料が行き渡るようになった。

そして聖女マリアンヌは自らの罪を告白し、これからはいち修道女として、信仰に生きることを誓った。

新宗教モフモフ教の信徒として。

「皆さん、カナタ様の旅の無事を祈って、今一度聖句を唱えましょう。モフモフー！」

「「「モフモフー!!」」」

マリアンヌの先導で、聖都の民たちが祈りを捧(ささ)げる。

「ふふっ、みんなあんなにモフモフ言ってくれてる。モフモフの素晴らしさが伝わって良かった」

『そうであるな。余も一刻も早くこの体で最強(モフモフ)にならねば』

『我も負けんぞ！　我こそがカナタ様に相応しい最強(モフモフ)になるのだ！』

「きゃーっ！　ザッくん、フェンフェン、すてきーっ!!」

そして、大いなる勘違いを振りまきながら、カナタたちは新たなモフモフを探し求めて旅立つのだった。

書き下ろし　修業が足りない？　いいえ、足りないのはモフモフです！

これは、カナタたちが聖都ローデンティアを旅立つ日の少し前の話だ。

「ううー。ゴワってる……。ゴワってるよ……」

『ゴワっておりますか……』

カナタは、元の姿を取り戻して大きくなったフェンリルを風呂に入れた。

しっかり何度も洗って綺麗に乾かし、竜の逆鱗で作った特製のブラシでたっぷりブラッシングした。

汚れは綺麗に落ち、体は白銀の輝きを取り戻した。

にもかかわらず、フェンリルの硬い毛質はまったく変わらなかったのだ。

小さいフェンリルはタンポポの綿毛のように柔らかい毛をしていて、大層なで心地が良いのだが、大きいフェンリルのなで心地は、鋼線をなでているがごとき硬さだった。

「もうもう！　なんでこんなに剛毛なの！」

えいえいと悔しげにカナタはフェンリルをブラッシングする。

『も、申し訳ありません……。この毛の頑丈さゆえに我の防御力はすこぶる高いので……』

「モフモフに防御力なんていりません！」

『最強に防御力はいらないですと⁉』

とんでもない理論を聞いて、フェンリルは驚嘆する。

『……な、なるほど！　防御を捨てて攻撃に徹しろと！　攻撃こそが最大の防御というわけですな！』

「確かに小さいフェンフェンの攻撃力はたいしたものだけど……」

都合良く解釈したフェンリルに、カナタの誤解が解けることはない。

窒息するまで顔をうずめていたくなるあの綿毛は、確かに素晴らしいものだ。

しっとり滑らかな毛質のザグギエルと甲乙付けがたいものがある。

「ううー、もうダメだー。こんなにブラッシングしたのにぜんぜん変わらないよー……あれ？」

カナタが投げやりに最後の一櫛を入れると、ブラシの先に固いものが引っかかった。

「何だろうこれ？」

拾い上げて光に透かしてみる。それは真っ白な石の欠片だった。

『陶器の破片、ではなさそうですな』

「なんだか硬いのにちょっと柔らかいよ？　変な感触」

『どれ、見せてみよ』

カナタの背中によじ登ったザグギエルが、白い石片を検分する。

『む、強い魔力の残滓を感じるな。分かった。これはあの怪物の体の破片だ』

カナタが先日倒したばかりの純白の悪魔。これはその欠片らしい。

戦いのさなか、フェンリルの毛に紛れ込んでいたものがしつこく絡まっていたようだ。

『確かに、言われてみればこの白さはあの悪魔のものですな』

「いらないものかな？　ゴミ箱に捨てとく？」

『余の予想が正しければ、これは有用なものとなるかもしれん。カナタの空間魔法でしまっておけば良い』

「はーい」

ザグギエルに言われたとおり、カナタは欠片をアイテムボックスに放り込んだ。

『では、無事に元の体に戻れたことですし、試乗と行きませぬか？』

「試乗？」

フェンリルの背中に乗るのは楽しそうだが、そうではないようだ。

『お忘れですか？　モルモの翁にもらった、あの古い馬車のことです』

「あっ、そっか！　フェンフェンが牽いてくれるって言ってたよね！」

『はい、今こそお役に立つときかと！』

ピンと背筋を伸ばしたフェンリルを、未だ黒モフの姿では役に立てないザグギエルが忌々しげに睨みつける。

『くっ、露骨な点数稼ぎか、いやらしい狼め……！』

『ちっ、違う！　そのようなことは考えていない！　見苦しい嫉妬はやめろ！　貴様は魔王のくせに心が狭すぎるぞ……！』

『なんだとう⁉　新入りのくせに生意気であるぞ！　先輩を敬え！』

『カナタ様の従僕であるのに、入った順番など関係あるか！』

毛を逆立てて睨み合う二匹を見て、カナタはほっこりする。

「ふたりとも仲良しさんだねぇ」

『『どこがだ（です）⁉』』

「そういう、息ぴったりなところが」

『『ぐぬぬ……。はっ⁉　真似（まね）するな！』』

文句まで息ぴったりなふたりだった。

†　†　†

『む、これはいささか苦しいかもしれませぬ……』

馬車をアイテムボックスから出し、ハーネスをフェンリルに繋（つな）いでみた。

しかし、元々はバイコーンのためのものだったため、フェンリルの大きな体にはサイズが合わないようだ。

「大丈夫？　外す？」

『いえ、使っていれば伸びるかもしれません。このまま進んでみましょう』

「フェンフェン、がんばれー」

『カナタ様の声援があれば、百人力です！』

フェンリルは力強く一歩を踏み出して、胸回りのたくましい筋肉が盛り上がり、その瞬間ハーネスが耐えきれずにはじけ飛んだ。

『……な、なんと……！』

馬車は一ミリも動くことなく、フェンリルと分離されてしまった。

『あーあー。やってくれたな、この駄犬め』

『くっ……！』

ザグギエルはここぞとばかりにマイナス評価を加えようとする。

「気にしないでフェンフェン。ザッくんもいじめちゃダメ」

『むぅ』

カナタはザグギエルを「めっ」したあと、意気消沈したフェンリルを慰める。

「だいぶ古い馬車だってモルモ先生も言ってたよね。フェンフェンのせいじゃないよ。気にしない気にしない」

『か、カナタ様ぁ』

よしよしと頭をなでられて、フェンリルは感涙にむせんだ。

「でも、これは修理しないとね。よく見たら車輪もグラグラしてるみたい」

モルモじいさんの長年の旅に耐えたとは言え、ここらで一度メンテナンスが必要だろう。

『しかし、馬車を直してくれるような当てがあるのか？』

「あるよー、あるある」

首をかしげるザグギエルに、カナタはにこりと笑った。

† † †

鍛冶屋モーズソグニルは三代続いた中堅の店だ。

職人気質で店は小さいが、その腕は評判で、名のある剣士は大抵この鍛冶屋の武具を握ったことがある。

若手の冒険者がモーズソグニルで武器の製作を依頼するというのは、一種のステータスでさえあった。

ところが、先代が亡くなり、自慢の炉の火まで消え、その存続を危ぶまれていた時期もあったのだ。

四代目となるリリ・モーズソグニルは借金取りに身売りさえチラつかせられる立場にあったが、見事その危機を乗り越え、先代に負けず劣らずの腕前と気っぷの良さで、かつての客を徐々に取り戻しつつある。

その成功の裏には、とある黒髪の少女が関係しているとの噂だが、そのことを知る者は少ない。

「ふうぅっ！」

振り上げたハンマーを、息吹と共に振り下ろす。

真っ赤に焼けた鉄が、硬質な音を響かせて火花を散らした。

リリは依頼を受けた剣を朝からずっと鍛え続けている。

少女の細腕にはつらい作業にも見えるが、リリの表情は晴れやかだ。黙々と鉄を打つ喜びに頬を紅潮させている。

少し前までは、こうやって金床の前に立つことすら出来なかった。それを思えば、右腕に溜まった疲れなど、逆に心地よいくらいだ。

ガツンガツンという重たい音が、鋼の形状が変わるにつれて、高く澄んだ音に変わっていく。

ハンマーが叩きつけられる度に激しく火花が散って、鋼の塊が剣へと生まれ変わろうとしていた。

「……よし、良い出来だ。荒研ぎしたら焼き入れだな」

一息つける段階まで仕上がった刀身を灰の上に置き、リリはゴーグルを外した。

「ふいー、あっちー」

炉の火で赤く焼けた肌に、玉のような汗が浮かんでいる。

リリは手ぬぐいで汗をぬぐうと、浴びるように水を飲んだ。

モーズソグニルの炉は特別製で、火力が従来のものより数段高い。なので工房の中は蒸し風呂よりひどい状態になる。

「お前もご苦労さん」

火力を落とした炉を、リリはねぎらうようにハンマーで軽く叩いた。

この炉は竜の炎より高い温度が出せて、魔物由来の扱いが難しい素材も、強い鋼に鍛えることが出来る。

魔剣と呼ばれる特殊な魔力を帯びた武器でさえ、この炉を使えば製作することが出来た。

世界広しと言えど、この炉を所有するのは鍛冶屋モーズソグニルだけだ。炉を製作した先代はすでに亡くなっており、唯一無二の貴重品である。

かつてはこの炉を奪おうとする不埒（ふらち）者もいた。

師匠にして実の父である先代を亡くして、傷心の身にあったリリに、身に覚えのない借金を負わせて、この店からリリを追い出そうとしたのだ。

しかしリリは、とある少女によってその窮地から救われていた。

「カナタ、今頃はどこを旅してるんだろうなぁ」

そう懐かしむほど前の話でもないのだが、カナタはリリとこの炉の恩人だ。

旅先での無事がつい気になってしまうのは仕方がないことだった。

あらゆる意味で無敵なあのカナタに対して、身の危険を案じること自体が無意味なのかもしれないが。

「あんたが火を入れてくれたこの子は今日も絶好調さ。あたしの作った武器も評判が良いんだぜ？」

この場にいないカナタに話しかけるように、リリはつぶやく。

幼い頃から大の男にまじって鉄火場で仕事をこなしてきたリリは、同年代の友達というものがいたことがない。

父を亡くしたばかりのリリを気遣って、様子を見にきてくれる姉貴分はいるが、一回り近く離れているので友人という関係とは言いにくい。

リリにとって、カナタは初めて出来た友人と呼べる存在だった。

独りきりの鍛冶屋の生活は少し寂しい。

「そのうちあんたの剣も作ってあげるからさ、いつでも帰ってきなよ」

「なるほど、リリさんはもう立派な鍛冶師さんなんですね。今度リリさんの作った剣を見てみたいです」

「おうとも、ピッカピカに仕上げた剣を見せて——ってうわぁ⁉」

そこでリリはカナタが背後に立っていることに気がついて飛び上がった。

「え⁉　カナタ⁉　旅は⁉　なんで⁉」

混乱するリリに、カナタはのほほんと答える。

「もちろん旅の途中ですよー。新しい仲間も出来たんです」

「ええ、じゃあなんでここにいるんだよ……？」

寂しさから自分の無意識が見せた幻とでも言うのだろうか。

「転移魔法を使えば、一度行った場所ならすぐに移動できるんですよ」

「え、すげえ。そんな便利な魔法があるのかよ。初めて聞いたぞ、そんな魔法」

『それはそうだろう。余が復元した古代魔法なのだからな。使い手は余とカナタしかおらん』

カナタの肩に乗った黒い毛玉がもそりと動いて、自慢げに鼻を鳴らした。

「お、猫じゃん。お前も元気そうだな」

『猫ではなーいっ！』

リリがグローブを外した手でなでてやると、ザグギエルは不機嫌そうにメウメウと鳴いた。

「新しい仲間って言ってたな。そいつはどこだよ？　今度は犬か？　鳥か？」

カナタの頭や肩を見やるが、特に動物は乗っていない。

『ここだ。入り口が狭くては入れなかったのだ』

窓の外からのぞき込む大きな蒼い瞳に、リリは再び飛び上がった。

「うわぁっ⁉　デカい⁉　魔物⁉　なんで⁉」

『フェンフェンという。鉄と火の香りを纏う少女よ。よろしく頼む』

「まぁ、わたし魔物使いなので、仲間は魔物ですよね」

「あ、ああ、そうだったな。悪い、忘れてたぜ。お前って普段は魔物を連れてないから、いきなり見るとびっくりするな」

『……おい、それは暗に余が魔物に見えないと言っておるのか』

ザグギエルが半眼でリリを見る。

「魔物に見えると思ってたことが驚きだよ。魔物要素ゼロじゃん。実質しゃべる猫じゃん」

『だから猫ではなーいっ！　カナタっ、この無礼者に余の本当の姿を見せてやっても良いかっ？』

「ダメです。モフモフのザッくんがいいです」

『……そうか』

秒で拒絶されて、ザグギエルはぺたんと耳を垂らした。

「それで？　今日はどうしたんだ？　寂しくなって会いにきたってワケじゃないんだろ？」

実際に寂しがっていたのはリリの方なのだが、そんな様子はおくびにも出さない。

もしリリにザグギエルやフェンリルと同じように尻尾が生えていたら、むすっとした顔の後ろで尻尾が嬉しそうに振られていたことだろう。

「実は馬車を直して欲しくて、リリさんにお願いできないかなって」

「馬車？　馬車ってあの馬車だよな？」

「はいっ」

「なんで馬車？　確かに蹄鉄くらいなら打つこともあるけど……」

リリがつぶやいている間に、カナタはリリの手を引いて、外に連れ出す。

「実物はここです！」

カナタが紹介するようにさっと手を向けると、フェンリルがその巨体をどける。

「じゃーん！　馬車です！」

「お、おう。馬車だな」

幌付きの普通の馬車だ。特徴らしい特徴もないので、リリは頷くしかない。

「フェンフェンにつけるハーネスが壊れちゃって。あとあちこち古くなっちゃってるので、直してもらえないかなって」

「こいつに牽かせる気なのかよ。力は凄そうだけど、馬じゃなくて良いのか」

『我は一向に構わんっ！』

「あ、そう……」

フェンリルのやる気は充分のようだ。

「それでリリさんなら、いい感じにしてくれるんじゃないかと思って」

ニコニコと笑顔を向けてくるカナタに、リリは面倒くさそうに頭を掻く。

「あのなぁ。前回のブラシと言い、今回の馬車と言い……。うちは武器をメインに扱ってる鍛冶屋で、こういうのは専門外なんだよね。依頼するならもうちょっとまともな——」

「無理ですか？」

「できらぁっ!!」

リリは相変わらずチョロかった。

† † †

「あー、確かにだいぶガタが来てるな」

リリはさっそく馬車の点検を始めた。

小さな金槌であちこち叩いて、金属の疲労や木材の傷みを確認していく。

「いい木を使ってるし、錆もほとんど浮いてない。油も古くなる前に差してあるし、ちゃんと整備しながら乗ってきたんだろう。前の持ち主がこの馬車を大事にしてたのがよく分かるぜ……」

「えへへ、そうですか」

「なんでカナタが嬉しそうなんだよ」

「モルモ先生が褒められると、わたしも嬉しいのです」

『その気持ち、分かりますぞ。我もカナタ様が褒められる度に誇らしい気持ちになるものです』

『うむ、自分が認めた者が褒められるのは、自分が褒められるより嬉しいものだ』

二匹もカナタに同意して、うんうんと頷いている。

「ほー、そのモルモ先生とやらはカナタに尊敬されてるんだな」

「それはもう！　わたしの心の師匠ですから！」

愛読書のモンスター辞典を取り出して、カナタはふんすと鼻息を荒くした。

「お、おう。良かったな」

カナタの圧にやや引きながら、リリは話題を元に戻す。

「それでどう直す？　素材のリクエストがあれば聞くし、高くても良いならミスリル銀で補強すれば重さは変えずにずっと頑丈に出来るぞ」

「んー、そうですね……」

『カナタ様、あの駄聖女めから金貨を返してもらいませんでしたか？』

フェンリルが言っているのは、カナタが大聖堂に入るときに支払った喜捨のことだ。

それに加えて、マリアンヌからせめてもの詫び(わ)と、自分の資産から出した追加の金貨までもらっている。

「うん、お金には余裕があるよね」

カナタは悩む。せっかくならフェンリルが牽きやすい、素晴らしい馬車に仕上げてもらいたい。所持金全額を渡して馬車のレストアを頼もうかと本気で思い始めたカナタに、ザグギエルが耳打ちをした。

『カナタ、カナタよ』

「はうう、ザッくんのおひげが耳に当たって……。こ、こそば気持ちいい……！」

『それはもう良いから、あの石の欠片(かけら)があっただろう』

「石の欠片。これのことかな？」

カナタはアイテムボックスから純白の石片を取り出した。

「リリさんリリさん」

「なんだ？　リクエストは決まったのか？　素材をケチるとろくなことにならないぞ。ここは思い切って――」

「この石、使えます？」

「石ぃ……？」

リリは差し出された白い石片を胡乱(うろん)げに見て、あらゆる鉱石や魔物の素材を鑑定してきた鍛冶師としての勘が、この石はやばいと訴えているのを感じた。

「おまっ、これっ、まさか……!?」

リリは単眼式の拡大鏡を取り出して目に填(は)め、石片を慎重に調べる。

「あ、あたしも見るのは初めてだが、この硬くて柔らかい独特な触感。指先をしびれさせるほどの

貯蓄魔力量。こいつは賢者の石だ！　間違いねぇ！」

賢者の石と言えば、世界最高峰の錬金術師が長年かけて製作するという、伝説に出てくるようなアイテムである。

『ふむ、貴公もそう判断したか。あの純白の悪魔の馬鹿げた魔力量から、賢者の石を素材に造り上げたのではないかと睨んでいたが、予想は正しかったようだな』

最初にその石の価値に気づいたザグギエルが、リリの肩に飛び乗ってくる。

統治者としての仕事の傍ら、研究者としても活動していたザグギエル。彼もまた石の正体に当たりをつけていた。

『だがこれは白化の段階で止まっている。本物の賢者の石とは別物だ。黒化から始まり白化を経て赤化に至り、賢者の石は完成するという。これはその前段階、ただ単に膨大な魔力を秘めた石というだけだな』

「だけって……。この石を触媒に鋼を精錬すれば、最高級の神魔鋼（オリハルコン）が山のように作れちまうんだぞ。ミスリル銀なんて目じゃない。こんな凄い素材にお目にかかれる日が来るなんて……！」

リリは石片を抱きしめて感動に震えた。

これだけの素材に出会えた鍛冶師がいったいどれほどいるというのだろう。

リリの頭の中では、この石を使った武具の構想が無数に思い浮かんでいた。

「じゃあ、リリさん。お願いします」

「えっ？」

「その石で、馬車を直して下さいな」

「馬車を直す？」

「はいっ」

「伝説になるような剣だって作れるこの賢者の石を使って？」

「はいっ」

「…………」

「はいっ」

いい笑顔のカナタに、リリは目を閉じてしばらく考える。

そして、頭を抱えて懊悩した。

「も、もったいねぇぇぇぇぇっ！」

確かに賢者の石を使えば、それはもう素晴らしい馬車が出来上がるだろう。

羽根のように軽く、嵐に遭っても雨漏りすらせず、火の中を突っ切っても焦げもせず、百人が乗り込んでも車軸が歪むことすらない。

芳醇な魔力を纏った車体は攻撃魔法すら寄せ付けないし、使い込めば精霊も生まれてくるかもしれない。

魔力のこもった道具が長く人に使われ続けると、自我を持つに至るという。自然界に存在する精霊たちと生まれは異なれども、彼らもまた精霊と呼ばれる存在だ。

道具を大事に扱っていれば、精霊は持ち主に幸運をもたらすだろう。魔剣から産まれた精霊は剣の持ち主にさらなる力を与えてくれるとまで言われている。

ちなみにその精霊の頂点に近い存在が、馬車の近くでのんきに耳を掻いているフェンリルなのだが、リリがそれを知ることはない。

「あー、だけどなぁ！　馬車かぁ！　もったいないなぁ！　チクショー！」

リリは眉根を寄せ、腕を組んで苦悩する。

武器を専門に扱う鍛冶師としては、これを馬具に使うだけで終わらせるのはもったいないと思うのは仕方がないことだった。

「まぁまぁ、前と一緒で余った素材はプレゼントしますから」

「ホントか⁉」

リリはかぶせ気味に飛びついた。

カナタのブラシを作るために使った竜の逆鱗（げきりん）。その残りを使ってリリは様々な武具を考案していた。

完成したら、国王主催の品評会に出品するつもりだが、自分でも良いところまで行くのではないかと思っている。

この賢者の石から精錬したオリハルコンも合わせて使えば、さらに強い武器を作れるかもしれない。

「だけど、これは下手したら、竜の逆鱗よりも貴重なものかもしれないんだぞ？」

「どうぞどうぞ。わたしには使いこなせないものですし」

「もう返せって言われても絶対返さないからな！」

「おけまるでーす」

カナタは人差し指と親指で丸を作った。

そこまで言われては、もはや憂いはない。

「よっしゃー！　やるぞー！」

リリは気合い充分で、馬車の細部を採寸すると、石片を持って炉のある店に戻っていった。

何日かかるのかカナタが聞いたところ、「すぐだ！　待ってろ！」と返された。

パーツを店で一気に作り上げて、まとめて馬車を換装するらしい。

出来上がりを待つ間、カナタはお茶を淹れ、馬車に腰掛けて空を見上げ、のんびりと暇を潰すことにした。

『こうしてただ時間が過ぎ去るのを待つのも悪くないな』

カナタの膝の上で丸まったザグギエルが言う。

「風もそよそよ吹いて、気持ちいいねぇ」

『ですなぁ。もう少し馬車の車体が高ければ寝心地が良いのですが……』

フェンリルは穴を掘って馬車の下に潜り込んでいる。そこが落ち着くらしい。

そのとき、馬車の裏側から土を踏む音がした。

「あの、そこにいるのはもしかして、カナタさん？」

驚いた声を出したのは、もはや顔なじみとなったギルドの受付嬢メリッサだった。

「あ、メリッサさんだ。こんにちはー」

「はい、こんにちは」

メリッサはカナタに合わせてぺこりと頭を下げる。

「旅に出たはずなのに、たびたびお会いするのでぜんぜん離れている感じがしませんね」

「リリさんにも同じようなことを言われました」

「あら？　リリちゃんとお知り合いなんですか？」

「はいっ、このブラシを作ってもらったんです！」

カナタが取り出したのは、キラリと光る美しい造形のブラシだ。

竜の逆鱗をふんだんに使ったそれは、繊細にしてしなやかに、ブラッシングした相手の毛並みをフワフワに仕上げてくれる。

本来武具に使う竜の逆鱗を使用しているので、頑丈さも折り紙付き。百年使ってもブラシの先がへたることとさえないだろう。

「すごいでしょー」

「え、ええ。でも竜の逆鱗……？　それってまさか……」

メリッサは自分が携えてきた細剣（レイピア）に視線を落とす。

実はこのレイピア、少し前に竜の逆鱗を使って鍛え直したところなのだ。

費用は高く付いたが、それに見合う性能を引き出されていた。

強化前のレイピアはこの鍛冶屋の先代に鍛えてもらった物だが、竜の逆鱗を用いて攻撃力を飛躍的に向上させたのは娘のリリである。

メリッサは冒険者になりたての頃から、親子二代にわたってこの鍛冶屋の世話になっている。

今日はレイピアを使った感想を、打ち手であるリリに伝えるべくやってきたのだった。

ちなみにギルドの仕事は後輩のベラが絶賛処理中だ。

ベラは優秀だが人に頼りすぎるところがあるので、一度くらいは一人で仕事をこなしてみせろと言いつけてきた。

これは愛の鞭であって、決して仕事を押しつけたわけではない。

たまには自分も一息入れたいとは思っていない、少ししか。

「メリッサさんも座ってお茶にしませんか？」

「あ、良いですね。リリちゃんもまだ仕事中みたいだし、ご相伴に与ろうかしら」

メリッサはカナタの隣に腰掛けて、ティーカップに入ったお茶を受け取る。

ちなみにカップもお茶もカナタのアイテムボックスから出したものだ。生活に必要なものは大体この中に詰め込んである。

「こんなにゆっくりするのなんて、いつ以来かしら……」

「メリッサさん、いつも忙しそうですもんね」

「ええ。実家を出て気ままな冒険者稼業を楽しんでいたはずなのに、どうしてこんなことになったのか……」

カップを両手で持って、メリッサはどんよりと落ち込む。

「私以外のパーティメンバー全員が寿引退なんてことになって、暇が出来たんでギルドの仕事を手伝っていたら、いつの間にかベテランの受付嬢になっていて。最近は出世が重なったせいでもう逃げられないように周りを固められて。地位とお金はあっても出会いと暇がないお局ルートに乗ってしまって……。こんな将来なんて、誰が想像したでしょう……！」

ううう、と涙をこぼすメリッサ。

「大変なんですねぇ」

「……大変になってる原因のひとつは、カナタさんなんですけどね」

「？」

ぐすんと鼻をすすって恨めしげな視線を送るメリッサに、カナタはキョトンと首をかしげた。

「カナタさんは活躍しすぎなんですよ！　書類が溜まっていくのは構いません！　ですが、カナタさんが活躍すると、担当の私の評価がどんどん上がっていくんです！」

「それって駄目なことなんですか？」

「駄目——ではないですね……。担当の冒険者が無事に帰ってきてくれるのはほっとしますし、活躍すれば自分のことのように嬉しいです」

「なるほど！　つまりもっと活躍すれば、メリッサさんは喜んでくれるんですね！　わたし頑張ります！」

「そうですけどぉぉぉぉぉぉっ！　そうじゃないのぉぉぉぉぉぉぉぉぉっ！」

カナタにすがりついて泣きわめくメリッサを、カナタはよしよしとあやしてやる。

泣いている原因に慰められているカオスな状況に、メリッサはますます泣けてくるのであった。

† † †

「出来たぞー！　運ぶの手伝ってくれ！」

春の陽気があまりに心地よくて、外で待っていた面々はもたれ合ってうたた寝をしていた。

肌に汗の玉を浮かべたリリが、台車に白銀のパーツを載せて店から出てきた。

「んはっ、よだれ……！」

「ハンカチどうぞ」

「あ、ありがとうございます……」

盛大に涎を垂らして寝ていたメリッサはカナタからハンカチを受け取って、恥ずかしげに口元を隠す。

「さぁ、みんな手伝ってくれ。細かい調整はあたしがやるから、パーツをはめ込むときに支えてくれればいい」

「はーい」

『うむ、任せるが良い』

『力仕事なら任せてくれ』

「え、これ私も手伝う流れなんですか？　いやまぁ、良いんですけど、私の剣も後で見てくださいね」

こうして、リリの指導の下、古びた馬車は車軸を入れ替え、幌を入れ替え、床板を入れ替え、ハーネスを入れ替え、白銀の真新しい姿に生まれ変わったのである。

「ハーネスの調子はどうだ？　柔らかいけど千切れない金属を目指してみたんだ」

『おお、これは凄い。体の動きに合わせて微妙に形が変化して、重さを全体に分散してくれている。これならばいつまでも着けていられそうだ』

「いい仕事してますなー」

カナタが拍手を送ると、リリは照れくさそうに鼻の下をこすった。

「へへっ、まぁな！　あとは同じ素材で車輪周りも補強しといたから、これからは荒れた道を走っても揺れることは少なくなるし、スピードを上げても車軸が熱を持ったりもしないはずだぜ！」

「ありがとうございます、リリさん！」

魔物と一緒に馬車で旅することはカナタの憧れだった。

前世でやり込んだゲームでも、モフモフ系の魔物で仲間をそろえたものだ。

「あの石の価値を考えたら、礼を言うのはむしろこっちなんだけどな」

リリはちょっぴり罪悪感を感じているように苦笑いした。

「それじゃあ、今度は私の番ですね。リリちゃん、このレイピアのことなんだけど」

「あれ？　メリッサ姉ぇじゃん。いたのか」

「いたわよっ。さっきは手伝いまでさせてましたよねっ！　私をぞんざいに扱ってると、そのうち罰が当たりますからねっ！」

「うそうそ、ごめんごめん」

メリッサをリリがからかうのが二人のいつものやりとりのようだ。

「レイピアのメンテだろ？　どうだった調子は？」

「それはもう、素晴らしいとしか言いようがないです。リリちゃん、また腕を上げたね。強力な素材はそれだけ扱いも難しくなると言うけど、使いやすさはそのままに、貫通力が何倍も向上しているように感じたわ」

「へへっ、だろ？」

リリは得意げに薄い胸を張った。

「おーっと、楽しそうにご歓談なさっているところをすみませんねぇ」

そこへ嬉しそうだったリリの顔を曇らせる、甲高い男の声が響いた。

「あ、あんた……！　また来たのか……⁉」

相手は派手な服装に身を包んだ男だった。

護衛にガラの悪そうな男たちを何人も引き連れている。

「リリちゃん？　この人たちは？」

「……借金取りだよ。親父（おやじ）がこいつらに借金してたとか何とかで……」

「そうそう、その借金！　早く返してもらえませんかねぇ？」

「な、なに言ってんだよ！　借金なら返しただろ！　……カナタがだけど」

リリの言うとおり、確かに借金はカナタが代わりに払い終えている。

金貨一〇〇枚もの大金を一括で支払い、証文も取り返している。

「それが書類を整理してみると、実はまだ借金が残っていたんですよねぇ」

「は、はぁ!?　ふざけんな！　つーか、親父がそんな借金してたって話を、そもそもあたしは聞いてないんだ！　本当にそれは親父が残した借金なのか!?」

「おやぁ、私が嘘をついているとおっしゃる？　ここにちゃんと親父さんのサインが入ってるんですけどねぇ!?」

証文を取り出した男が、バンバンとサインした部分を叩く。

「くっ……！　確かにそのサインは親父の筆跡に似てる……！」

「似てるんじゃなくて本物ですよぉ！　さぁ、どうするんですか!?　これも金貨一〇〇枚ですよ！いい加減諦めて、店を手放しちゃいましょうよ！」

「み、店は手放さない！　なんでうちにそこまでこだわるのか知らないけど、目的はうちの炉なんだろ!?　借金取りが炉なんて欲しがるわけがない！　誰が後ろで糸を引いてるんだ!?」

リリが疑いの目を向けるが、男は明後日の方向を向いてとぼける。

「さーぁ？　何のことか分かりませんねぇ。それより借金の話をしましょうよぉ。このお金、支払えるんですかぁ？　支払えないんですかぁ？」

「っ……最近仕入れもしちゃったところだし……、今作った武器が売れればすぐにでも用意できるから、もう少しだけ待って――」

「待つわけねぇだろ！　ボケが！　今すぐ耳をそろえて払ってもらおうか！」

「ううっ……」

態度を豹変(ひょうへん)させた男に、リリはたじろぐ。

「おらっ！　出ていかないっつーなら、金を払えっ！　おらっ！」

手の平を上に向けて金を請求してくる男が、鬼の形相でリリに詰め寄る。

「払えやおらぁぁぁぁぁぁぁぁぁっ‼」

「はいどうぞ」

男の手の平に金貨の入った袋が載る。

「ありがとう――ってこの流れ、前にもあったやつぅぅぅぅぅぅぅぅぅぅっ！」

ずっしりとした重みに、男の脳裏にかつての記憶が呼び覚まされる。

前のときもこうやって脅そうとしていたら、横やりが入ったのだ。

「あ、あんたはあのときのぉぉぉぉぉぉっ⁉」

カナタの顔を見て、男はひっくり返った。

どうやら馬車が陰になっていて、カナタの存在に気がついていなかったようだ。

「今度こそ借金は帳消しですね？」

「ぐ、ぐぐっ！」

男は悔しげに顔を歪(ゆが)めた後、にちゃりと笑った。

「いいや、まだまだ借金の証文はあるぜ！」

ばさぁっと投げ拡げたのは大量の証文だった。

同じようにサインが書かれてある。

「へへっ、どうだ！　この借金を全部返すほどの金があるって言うなら、払ってみな‼」

「はいどうぞ」

「もういやぁぁぁぁぁぁぁぁぁぁぁぁぁぁぁぁぁぁぁぁっ⁉」

さらに追加された金貨袋に、男は悲鳴を上げた。

聖女マリアンヌから詫びとして渡された金貨の額は相当なものである。ここにある証文の借金を全額返すことも可能だった。

「ち、ちくしょう！　なんなんだあんたは！」

「魔物使いです」

「どうでもいいわ！」

「そっちが聞いたのにぃ」

口をとがらせたカナタに、男は顔を真っ赤にして怒る。

「ちょっと待って下さい。カナタさん、お金を払う必要はありません。この証文は偽物です」

地面に散らばった証文を拾い上げてそう言ったのはメリッサだった。

「は、はぁ⁉　なんだあんたまで⁉　いちゃもんつける気かい⁉」

「私はメリッサ・シュトラウド。ギルドの職員をしています。こちらの証文、精査させてもらっても構いませんか？」

「な、なんだよ？　それを見れば充分だろう？」

「いいえ、精査させて下さい。このサイン、本人がしたものではありませんね？」

「何を根拠にそんな……」

「借り入れの署名には自分の血液をインクに溶かしてサインをするのが王国法で決まっています。そうでなければその書類は無効になることはご存じですね？」

「そ、それがどうしたっ？」

「では血液を使う理由はご存じですか？」

「はっ、そんなの血判と同じで……」

「血液を使うのは、鑑定でそれが本人のものか、筆跡に加えて二重の確認が取れるようになるからなんですよ」

「えっ⁉」

「知らなかった、というお顔ですね。偽造文書が流行ったときに考案されたものなのですが、一般にはあまり知られていないことですから仕方ありませんね。こんな杜撰なやり方は初めて見ましたが」

「な、な……」

「ギルドへ行けば鑑定できますので、ご同行願えますか？　ちなみに、偽造は王国では極刑もあり得る重罪です」

「ひ……⁉」

メリッサの冷たい笑顔を見て、男は喉を引きつらせた。

取り巻きたちは男の後ろで困惑している。

「くぅ、借金なんざもうどうでもいいわ！　お前ら、女三人だ！　力尽くでもやっちまえ！」

「「「へい！」」」

連れてきた男たちが、カナタたちに乱暴を働こうと、腕まくりをして詰め寄ってくる。

「ど、どうしよう……！　メリッサ姉ぇ……！」

「はぁ、知らないって幸せですね……」

リリは怯えて後ろに下がり、メリッサは呆れた様子で溜息をついた。

「おら！　こっちに来いや！」

近いところにいたカナタの腕を男は掴もうとして、宙を舞った。

「へ？」

放り投げられたと気がついたときには、大地はあまりにも遠い。

落ちれば確実に即死する。その高さに男は恐怖で失神した。

そして、間を置かず、全ての男たちが宙を舞い続けることになった。

「ひ、ひぃっ……!?」

「い、いやだっ……！」

「もうやめてくれぇっ……！」

落下しては放り投げられ、落下しては放り投げられ、乱高下に終わりはない。

「ほいほいほいほい」

お手玉のように投げられる仲間たちを見て、借金取りの男は腰を抜かした。

「ば、化物ぉっ……！」

「魔物使いですってば」

逃げ出そうとする男もお手玉に加えようとカナタは、男のあとを追いかける。

「待って下さい、カナタさん」

「およ？」

メリッサが引き留め、失神した男たちがカナタの片手に落ちてきて積み重なった。

「やり方はお粗末ですが、ただの借金取りにしては目的が不明瞭です。リリちゃんも言っていましたが、私も後ろで糸を引いている者がいると思います」

「なるほど、つまり尾行ですね」

† † †

『クンクン、こちらです、カナタ様！』

距離を取って逃げた男を追いかけたカナタたちだが、フェンリルの鼻によって容易く追跡することが出来た。

フェンリルの巨体を見た王都の住民たちは一様に驚いた顔をするが、連れているのがカナタだと気づいて、ああ、なるほどと納得した様子で立ち去っていく。

魔王軍撃退の件で、すでにカナタは王都中に顔が知られていた。

なかには「ありがたやありがたや、モフモフモフモフ……」と拝んでいく者もいたが、騒ぎ立てる者はいなかった。

おかげで尾行に気づかれた様子はない。フェンリルの案内に従ってカナタたちは借金取りの男を追う。

「えらいよ、フェンフェン。お手柄だね」

『何のこれしき、容易いことです』

『くっ、くっ……！　余も元の姿に戻る許可さえ下りれば……！』

尻尾を振って喜ぶフェンリルを見て、ザグギエルは悔しさのあまり民家の塀で爪を研いでいる。

フェンリルが元の体に戻って以来、ザグギエルは二歩も三歩もリードされている状況だ。

カナタの愛は平等に注がれていても、独り占めしたいのが従僕心だった。

「リリさん、メリッサさん、さっきの男の人は、あの建物に入ったみたいです」

「あれは……」

カナタが指差した建物を見て、リリが目を見開く。

「あそこは、有名な武具店ですね」

「イェンセン武具店と言ったら、ここらで一番大きい店だよ。立派な鍛冶場も自前で持ってる」

確かに、見たところその建物の窓からは中に沢山の剣や鎧（よろい）が並べられているのが分かる。

「うちの炉を欲しがってるから、どこかの鍛冶屋だとはあたしも思ってたけど、まさかあそことはね。ヴィゴの野郎……」

「知っている人のところなんですか？」

カナタが尋ねると、リリは苦虫を噛み潰したような顔をした。

「親父の知り合いがあそこの社長なんだよ」

「なるほど？」

亡くなったリリの父親の知人が、今回の件の黒幕ということだろうか。

「ここでじっとしていても埒があきませんし、行ってみましょうか」

メリッサを先頭に、裏道から街道に出る。

「道すがら説明するよ」

リリの父親の知り合いと言ったが、その相手は父の若い頃の修業仲間だったそうだ。

名前はヴィゴ・イェンセン。かつては同じ職場で働く腕の良い職人だったそうだが、鍛冶屋モーズソグニルの跡を父親が継ぐ頃に、出ていってしまったそうだ。

「親父が生きてた頃から、嫌みはよく言われたけど、まさかこんなことまでするなんて……」

犬猿の仲と言うよりは、相手から一方的に嫌われていたようだ。

仕入れの邪魔をされたり悪い噂を流されたり、リリはヴィゴのことが嫌いだった。

父親はヴィゴと仲直りをしたいようだったが、何が原因か最後まで分からずじまいだったそうだ。

そうこうしているうちに、店の前まで来てしまった。

店は繁盛している様子で、冒険者たちに従業員がついてあれやこれやと質問に答えている。

「証文の件もありますし、一度戻ってギルド長に相談すれば、公式に捜査できます。ただ時間は少しかかりますね。その間に別の場所へ逃げられてしまう可能性もあります。ギルド職員として、こういった非公式な捜査は止めないといけないんですけど……」

「バレなければそんな捜査は存在しなかったということですね？」

「ノーコメントとしておきます」

「ふふふ、潜入捜査ですね」

カナタはちょっと楽しそうだ。

「んなもん、正面から堂々と行けば良いんだ。ヴィゴめ、だんだん腹が立ってきたぞ」

「ちょっ、リリちゃん!?」

カナタという無敵の戦力がついているということもあって、リリは強気で入店する。

「おい、あんたら、そこは従業員専用の――」

「うるさい、どけ」

「失礼しまーす」

「ああ、良いのかしら良いのかしら……。ギルド長に知られたらお小言間違いなしだわ……。いえ、むしろこれで評価が下がってお局コースが回避できるんじゃ……。これはチャンスよメリッサ。謹慎という名の休暇を得るのよっ……！」

店の従業員が声をかけてくるが、カナタたちは無視して上の階に繋がる階段を上がっていく。

大きな店舗は三階建てになっていて、一階は店舗、二階は工房、三階は事務室になっている。三階の一番奥が社長のヴィゴがいる執務室だ。

「ここから先は立ち入り禁止——」

「お前もお手玉にされたいのか？　あん？」

授業員にとっては意味不明な脅しだったが、目の据わったリリの剣幕に道を譲ってしまう。

三階にたどり着いたリリは大股でずんずんと進み、一番奥の扉を突き飛ばすように開ける。

「ヴィゴ！　何のつもりだ！」

「ひ、ひぃっ！　もう来たっ！」

そこには跪いて許しを請うている借金取りの男と、執務机に足を乗せてくつろぐ筋骨隆々の男がいた。

「よぉ、リリ、久しぶりだな。まだ、店を畳んでないんだって？」

「おかげさまでな。お前の妨害行為なんて屁でもねぇぜ」

「言うようになったじゃねぇか。鼻水垂らしてたガキんちょが」

「何年前の話だよ！　親戚のおじさんみたいなことを言うのはやめろ！」

リリは執務机に手を置いて、相対したヴィゴを正面から見据える。

「観念しな、ヴィゴ。そいつとグルってのもお見通しだよ」

ヴィゴは分厚い唇で笑みを作った。

「おいおい、こいつは勝手に店に上がり込んできた不届き者だぜ？　今お帰り願おうと思っていたところだ」

「そ、そんなぁ……！」

ヴィゴの見捨てる発言に借金取りの男がなげく。

「さぁ、お前さんたちも回れ右して帰ってもらおうか」

「そんな言い訳が通用するかっ！」

苛立(いらだ)つリリの隣にメリッサが並ぶ。懐から取り出したのはあの証文だ。

「書類偽造の件も正式に捜査しますが、よろしいんですね？」

「……この男と俺は何の関係もないと言ったはずだがね」

「そんな言い訳が通用するとでも？」

「まったく、気の強いお嬢さんだ」

「あらやだ、お嬢さんだなんて」

「メリッサ姉ぇ……」

若く見られたことに照れるメリッサを、リリは半眼で見つめた。

「じゃあ、こうしよう」

ヴィゴは執務机から足を降ろし、手を組んで前のめりになる。

「お前のところの炉を賭けて、俺と勝負しよう」

「はぁ!?　おまっ、盗(ぬす)っ人猛々(たけだけ)しすぎるぞ！　なんで勝負なんてする必要があるんだよ！」

突然の申し出に、リリは怒りを超えてパニックになる。

「お前が勝ったら、金輪際お前の邪魔はしねぇ。好きに商売するがいいさ」

「あたしに何の得もないだろうが！　勝っても何も手に入らなくて、負けたら炉を寄越せってんじゃ割りに合わなすぎるぞ！」

「じゃあ、これからも良くないことが起きるかもなぁ。いや、もちろん俺は何もしないがね。こういう悪い男たちがこれからもやって来るんじゃないかって心配してるだけさ」

「くっ……」

露骨な挑発に、リリは悔しげに唇を噛む。

ヴィゴはそんなリリを見て、せせら笑った。

「くはは、しょうがねぇなぁ。じゃあこいつも付けてやるよ」

そう言ってヴィゴが机の引き出しから出したのは、年季の入ったハンマーだった。

「それは、親父の……！」

「そう、お前の親父が使ってたハンマーだ。今は俺の愛用品だがね。俺はこいつを賭ける」

「遺品整理のときにも見つからなかったのは、お前が盗んでたからなのか……！」

「盗んだなんて人聞きの悪い。質に流れてたのを俺が買っただけのことよ。誰が盗んだかなんて知らないねぇ」

ヴィゴはハンマーの頭を机に置いて、見せびらかすように指先で柄を交互に傾ける。

「これで条件はそろっただろう？　あとはお前が受けるかどうかだ」

「………」

ニヤニヤと笑うヴィゴをリリは睨みつける。

「リリちゃん、受ける必要はないわ。書類偽造までやってるんだもの、必ず捜査が始まる。放っておいてもこの人たちに未来はないわ」

メリッサはリリの肩に手を置いて、冷静になるように話しかける。

「おっと、そんなことになったら、このハンマーはどこかに消えちまうかもしれないな」

「あなた……！」

肩に置かれた手を、リリが握る。

「メリッサ姉ぇ、悪い……。あたし、あのハンマーをどうしても取り戻したい。あれは親父の形見なんだっ」

「リリちゃん……」

メリッサはリリの決意を悟り、肩から手を離した。

リリは息を整え、もう一度強くヴィゴを睨みつける。

「……勝負の方法は？」

「自分の鍛えた得物を、自分がこれと見込んだやつに持たせて、正々堂々決闘しよう」

「決闘……」

「なぁに、王都剣術大会の予選みたいなもんだ。あれも選手に武具を使ってもらうことで店の名に箔が付くからなぁ。勝負形式としては同じようなもんだと思ってくれて良いぜ」

王都剣術大会と言えば、カナタが三連覇した王国最大の武術大会だ。

剣術大会とは言うものの、使用される武具は剣に限らない。様々な武器を使う英傑が世界中から集まって覇を競う一大イベントである。

その出場者が使った武器となれば、鍛えた鍛冶師の評判にもつながる。優勝者の武具を鍛えることは鍛冶師の憧れでもあった。

ヴィゴはそのルールに則ってやろうと言っているのだ。

「……場所は？」

「近くの闘技場を貸し切ってやる。大会ほどの大きな場所じゃないが、決闘するには人がいなくて好都合だろう？」

「……時間は？」

「そうだな。三日やろう。三日あれば武器の一つくらいは鍛えられるだろう？」

「……分かった。その条件でやる」

「ああ、あともう一つだけ条件がある」

「なんだよ？」

「そこの黒髪のお嬢さんを使うのはナシだ」

「わたしですか？」

「あんた有名人だよ。剣術大会三連覇の化物ってことも知ってる。さすがにあんたが相手じゃ、その小娘がどんなヘボなもんを鍛えてもこっちに勝ち目がないからな。あ、もちろんそっちのデカい狼の魔物もだぜ。あくまで武器を使った人対人の勝負だからな」

「なるほどー。一理あるかもですねー」

「ちょ、カナタぁ」

リリの強気の半分はカナタの戦力を当てにしていたからだ。それが使えないとなると困ったことになる。

「でも、わたしがやらなくても、リリさんはあなたに負けないと思います」

「あん？」

いぶかしげに片眉を上げるヴィゴに、カナタははっきりと言ってやった。

「リリさんは私の知る限り、最高の鍛冶師ですから」

「か、カナタぁ！」

リリは感動してカナタに抱きついた。

ここまで強気でやってきたが、いい加減、限界が来たようだ。迫力のあるヴィゴの相手は怖かったのだろう。カナタにつかまって鼻をグスグスやっている。

しかし、リリは勘違いをしていた。

カナタは武具を鍛えるリリの技術を讃えているのではない。

ブラシや馬具といったモフモフグッズを作る腕前を評価しているのだ。

カナタの頭の中にはモフモフに関することしかない。

目に映るものはモフモフに関するものに見えるし、耳に届くものはモフモフに関することに書き換えられて聞こえるのだ。

「ふん、ずいぶんとその小娘を買ってるんだな」

「ええ、リリさんの作ったブラシ（得物）は最高ですから」

「あのカナタ・アルデザイアが高く評価するとはね。おいおい、俄然（がぜん）楽しみになってきたじゃねぇか」

「わたしも楽しみです。あなたがどんなブラシ（得物）を持ってくるか。つまらないものでなければ良いんですけど」

「くはっはっは！　このヴィゴ・イェンセン様を前に駄作を持ってくるなってか。本当に面白い嬢ちゃんだ！」

「いい勝負が出来ると良いですね」

「……果たして勝負になるかな？」

二人の視線が火花を散らす。

ヴィゴの中では、お互いが最高の武器を携えて決闘する姿が浮かんでいた。

カナタの中では、お互いにブラシを握っていかにモフモフをモフモフに仕上げるか、そんな決闘を繰り広げる光景が広がっていた。

「ふふふふふふ……」

「うふふふふふ……」

意味深に笑い合う二人の思考は、まったくもってすれ違っていた。

† † †

「メリッサ姉ぇ！　頼む！」

ぱんっと両手の平を合わせて拝むリリに、メリッサは溜息をついた。

「はぁ〜、やっぱりそうなるわよねぇ……」

「どうせ、他のやつを雇おうにもヴィゴの息がかかってるだろうしさ。信用できるのはカナタ以外じゃメリッサ姉ぇしかいないんだよ！　お願い、この通り！　レイピアのメンテ代、タダにするから！」

「ここで見捨てたら、親父さんに叱られちゃうわね。しょうがない。可愛い妹分のためだもの。一肌脱ぎましょう」

「やった！　ありがとう、メリッサ姉ぇ！」

「はいはい」

喜んで飛びついてくるリリをメリッサは抱きしめてやる。

「……ああ、有給がまた一日消し飛ぶのね……」

そして心の中で泣いた。

「じゃあ、さっそくメリッサ姉ぇの剣を貸してくれ！」

「えっ？　これを使うの？」

メリッサは腰のレイピアに手をやる。元々このレイピアをメンテナンスしてもらうために、リリのもとを訪れていたのだ。

「カナタが凄い素材をくれたんだ！　これを使えばもっと強力なレイピアに鍛えられるはずだぜ！」

「まぁ、扱い慣れてるこの子をベースにしてくれるのなら、私としても慣らす時間が少なくて済むから助かるけど」

「話は決まりな！　お代は勉強しとくから！」

「そっちのお金は取るのね……。しっかりしてて良いことだけど」

リリはメリッサからレイピアを受け取ると、そのまま工房に引っ込んでしまう。

「三日後にまた来るからねー。ごはんはちゃんと食べるのよー」

「おー、分かってらー」

外から声をかけると、工房から返事が返ってくる。

「大丈夫かしら……？　あの子、鍛冶のことになると周りが見えなくなるから……」

集中しすぎて食事のことも忘れ、三日後に干涸らびたリリを見ることにならないだろうか。

メリッサは心配になるが、彼女は元々忙しい身だ。

さらにこれからギルドへ戻って仕事を前倒しで終わらせ、三日後の決闘に備えて有給を獲得してこなければならない。

頻繁に様子を見にくるのは難しそうだった。

「じゃあ、わたしがお世話します」

「カナタさんが？　いいんですか？　旅の予定が乱れるんじゃ……」

「はいっ。急ぐ旅ではないですし、リリさんがどんな凄いものを作るか楽しみですしっ」

カナタが楽しみにしているのはブラシなどのモフモフグッズであって武器ではない。

しかし、そうとは知らないメリッサは、何度も振り返って頭を下げ、リリのことを頼みながらギルドへ帰っていった。

† † †

「今日のお昼ごはんは塩豚と春キャベツのアーリオオーリオパスタでーす」

大皿にてんこ盛りになったパスタを、トングでカナタが取り分けてやると、空腹のリリは飲み込む勢いで食らいついた。

「うおおおおおおっ！　滅茶苦茶うめえええええっ！　汗かいてるから、塩豚の塩分が染み渡るううううううっ！　キャベツの甘さも引き立ちまくってるぅぅぅぅぅぅぅぅぅっ！」

頬の限界までパスタを口につめ込んだリリは、幸せ一杯の笑顔で咀嚼する。

「ニンニクエキスをじっくり弱火でオリーブオイルに抽出したので、元気いっぱいになりますよー」

「チクショウ気遣いまで完璧だぜ！　うちへ嫁に来い！　……うぐっ、喉に詰まった……」

「お水どうぞー」

差し出されたコップをリリはひったくるように受け取った。

「んぐっんぐっ……プハァ！　なんだこれ、水までうめえ⁉」

「レモンとミントでフレーバーウォーターを作ってみました。ニンニクの臭いもこれで消せます」

「完全無欠かよ！　もう、マジで嫁に来て！　お願い！」

カナタの腰に抱きついて、リリは感涙する。

『ちゅるちゅるっ！　美味い！　カナタの作る料理は天下一品である！』

『今だけは貴様に同意だ！　カナタ様の手料理、最高です！』

ご相伴に与るザグギエルとフェンリルも、カナタのご馳走にご満悦である。

「ごちそうさま！　もうひと働きしてくる！」

「はーい、行ってらっしゃーい」

満腹になったリリは工房へ再び突撃していき、エプロンを着けたカナタは手を振って見送る。

食事、風呂、ベッドメイキングや着替えまで。

カナタの徹底サポートにより、リリは全力で鍛冶に打ち込むことが出来たのだった。

† † †

——そして三日後。

「いよいよですね」

やや緊張した面持ちで、レイピアを携えるのはメリッサ。

有休が半日しか取れなかったので、仕事を終えて直接闘技場までやってきた。

なので服装は受付嬢のときのままだ。

鎧も着けない軽装だが、ブーツだけはしっかりしたものを履いている。

俊敏性と突きの精妙さが持ち味のメリッサにとって、この格好はベストに近い状態と言ってもいい。

「調整がギリギリになってごめんな、メリッサ姉ぇ」

「間に合ったから大丈夫よ。前より凄く握りやすいわ。まるで、剣の方から私の手を握ってくれているかのよう」

「剣の刃は逆鱗でもうこれ以上ない硬さに仕上がってるから、柄に新素材を仕込んでみたんだ」

「うん、下手に改造されるより、扱いやすさが上がってる方がありがたいわ。これならきっと相手が上級の冒険者でも大丈夫」

メリッサは元々B級の冒険者だったが、ギルドの職員の仕事がメインになった後も鍛錬は欠かしていない。

ランクアップの壁になっていた攻撃力の低さも、武器のアップグレードによってクリアしている。

昇級試験などは受けていないが、実力的にはA級となんら遜色はないだろう。

A級と言えば冒険者の上位数%の存在だ。

ヴィゴがどんな達人を探してこようが、まるきり勝負にならないことはないだろう。むしろメリッサが相手を瞬殺して終える可能性の方が高かった。

「あれー？　ブラシはー？」

首をかしげるカナタの言葉は誰も聞いていない。モフモフ具合を競う勝負など初めから存在していなかった。

「それにしても、リリちゃん、鍛冶に打ち込みすぎて体を壊してないか心配してたけど、むしろ前より肌つやが良くなってない？」

「いやあ、それがカナタの作る飯が美味すぎて、調子が良いのなんの」

「そ、そんなに美味しいんだ？　カナタさんの手料理」

「あれは店が出せるね。もし開店したら、あたしは通い詰める自信がある」

「い、いいなぁ……」

メリッサはごくりと喉を鳴らした。

この三日間は残業に次ぐ残業で、軽食以上のものを食べていない。ちなみに今日も昼食抜きだ。

ああ、温かいごはんが恋しい。

「この決闘が終わったら、いっぱい食べるからね！　やけ食い上等よ！」

「おうよ！　祝勝会だ！　カナタにも世話になりっぱなしだからな！　今夜はあたしが馳走するぜ！」

「わーい！　楽しみだね！　ザッくん、フェンフェン！」

ある意味一番の功労者とも言えるカナタが、ザグギエルとフェンリルに呼びかける。

『うむ！　カナタの料理が一番なのは間違いないが、人間の色々な料理には興味がある！』

『我が隠遁している間に、人の料理も発展したようです。存分に楽しみましょうぞ！』

団結を強めるカナタたちに、背後から声がかかった。

「おいおい、もう勝った気でいるのかい？」

遅れてヴィゴも闘技場に到着したようだ。ついでにあの借金取りの男もコバンザメのようにくっついている。

「戦う前にまずは契約書を交わしとこうか。戦いに負けて言い逃れでもされちゃ、たまったもんじゃないからな」

「どっちが！」

挑発するような笑みを浮かべるヴィゴに、リリはがるるると牙を剥く。

「確認させてもらいます。……確かに、契約内容は事前に言っていたとおりですね。ではお互いに署名をお願いします」

メリッサが契約書の内容を確認したあと、リリとヴィゴは、自分の血を溶かした特殊なインクで契約書にサインする。

「これで、勝った方が賭けたものを手に入れる。双方異存ないですね」

「ああ」

「おう」

睨み合った視線は逸らさないまま、リリとヴィゴは頷いた。

「では、これはカナタさんが預かっていて下さい」

戦いにも参加しないし、この場で最強の戦力だ。ヴィゴが何か悪巧みを考えていたとしても、契約書を奪われることはないだろう。

闘技場の門を一同は同時にくぐる。

「そっちはそのお嬢さんが出場するのか」

「リリ姉ぇを舐めんなよ！　次期ギルド長と噂されてるくらいなんだぜ！」

「……ちょっと、リリちゃん、その話はやめて……」

独身出世コースには乗りたくないメリッサは本気で嫌そうな顔をする。

「そっちこそどうなんだよ？　誰もいないようだけど？　まさか、その借金取りの男が戦うのか？」

「はっ、まさか。こいつはタダの腰巾着よ。俺の戦士はとっくに舞台でお前らを待ってるよ」

そう言って、ヴィゴは歩く方向を変える。

「じゃあ、また後でな。店の権利書をなくすんじゃねぇぞ」

ここで闘技場で戦わない者たちは左右に分かれて観客席に向かうことになる。

選手であるメリッサはこのまま前進すれば、闘技場の舞台にたどり着ける。おそらく反対側にはメリッサの対戦相手が待ち構えていることだろう。

「いーっ！」

リリは口を指で引っ張って、ヴィゴを精一杯馬鹿にする。

「メリッサさん、頑張って」

「はい、任せて下さい」

「メリッサ姉ぇ！　勝って欲しいけど、無理はすんなよな！」

カナタたちはメリッサの背中に声援を送り、観客席へと向かった。

「大丈夫、負けませんよ」

メリッサは一度目を閉じて呼吸を整え、レイピアの柄に手を添えたまま薄暗い通路を進む。

目の前の門をくぐれば、そこはもう戦場だ。

一切の油断なく、メリッサは通路を抜けて、その先には——

「ひ、卑怯だぞ！　お前たち！」

悔しげに叫ぶリリの姿と、

「誰も一対一とは言ってなかったぜ」

してやったりと邪悪な笑みを浮かべるヴィゴの姿があった。

† † †

「やられた……！」

メリッサは歯嚙みした。

敵は一人ではなかった。

十人以上の男たちが、武器を構えてメリッサを待ち受けていたのだ。

「確かに、契約書には一対一の勝負とは書いてなかったわね……」

お互いの代表がお互いの鍛えた武器を使って勝負するとしか書いておらず、その人数までは言及されていなかった。

メリッサの背後で、鉄格子が落とされる音がする。出口が塞がれたようだ。

これは周到な罠だった。メリッサを逃がす気はないという意思の表れだった。

『薄汚い人間どもめ……！　勝負を穢したな……！』

『このようなことがまかり通ると思っているのか！』

カナタの隣で、ザグギエルとフェンリルが毛を逆立てる。

「まかり通っちゃうんだなぁ！　契約書にサインをした以上は、もう無効試合にはならないぜ！　試合放棄をするなら、お前らの負けだ！　店の権利書を置いて帰るんだな！」

悔しげなリリの陣営に、ヴィゴは舌を出して挑発した。

「全員、見たことのある顔ですね……」

メリッサは取り乱すことなく、相手の男たちの戦力を分析していた。

彼らは元冒険者だ。

冒険者ギルドは来る者拒まずの精神だが、その分、制約は多い。

素行不良やクエストの無断放棄、依頼主への恫喝などにはペナルティが科せられる。

それでも改善が見られないようであれば、冒険者の資格を剥奪されてしまうのだ。

そこに階級の区別はなく、いくら強くても山賊と変わりがないような者はすぐにクビとなってしまう。

彼らはそうやって悪行を重ね、冒険者ではなくなってしまった者たちだった。

「元A級、熊殺しのガズーロまで……」

なかでも目を引くのは、闘技場の壁の高さにまで頭が届きそうな巨軀の男だ。

禿頭にひげ面。魔物と戦った傷痕が顔面の左側に深々と残っている。

武器は断頭台からそのまま取り外したかのような大斧。

熊殺しはあの斧で鬼熊と呼ばれる凶暴な魔物を一撃で葬り去ったことから付いた二つ名だ。

現役の頃より武器の大きさや鋭さが数段増しているように見える。あのヴィゴの作品なのだろう。

メリッサが冒険者になりたての頃には、ガズーロはすでに名の知れた冒険者だった。

同時に悪い意味でも名が知られていて、犯罪行為に手を染めて賞金まで懸けられるようになった。

その後、彼の話を聞かなくなったが、闇社会の中で生き延びていたらしい。

冒険者時代のガズーロの強さはA級の中でも上位だった。十年近く前の話とは言え、そこまで腕が錆びついているわけでもないだろう。相手の弱体化を期待するのは浅はかな考えだ。

ガズーロと一対一ならばメリッサにも勝算はある。

だが、周りの取り巻きまで相手にすることを考えると、勝率は大きく下がる。

はっきり言って勝率はゼロに等しい。

「おら、高い金払って雇ったんだ！　あんな小娘、さっさとやっちまってくれ！」

「あいよ」

ガズーロが大斧を担ぎ上げ、鈍重な動きで歩き出した。

「まずい……」

取り巻きから先に来るなら、各個撃破して数を減らすことも出来た。

しかしガズーロを中心に、男たちは均等に間合いを詰めてくる。

いかな疾風のメリッサでも、これだけの数の男を同時に相手に立ち回るのは難しい。

足場が砂地なのも、機動力が売りのメリッサに不利に働いていた。

おそらくこれも全て罠なのだろう。

あのヴィゴという男、鷹揚で何も考えていないようで非常に用意周到だ。

なぜそこまでしてリリの店の炉を欲しがるのか分からないが、あの男の執念は本物だ。

「疾っ！」

メリッサは包囲が狭まる前に自分から打って出た。

疾風の二つ名に相応しい、風のごとき俊足だ。

蹴られた砂地が爆発的に舞い上がり、メリッサの姿を隠す。

「砂地に足を取られるなら、それを利用するまで……！」

メリッサの速すぎる動きは、移動がそのまま霍乱になる。

男たちへは向かわず、メリッサは闘技場を駆け回った。そしてどんどん舞い上がる砂が、男たちの視界を奪っていく。

「混乱に乗じて、一人ずつ仕留める……！」

メリッサの策は間違っていなかった。

砂の煙幕は有用で、ガズーロを含めた男たちの視界を完全に奪っていた。

ただひとつ、誤算があったとすれば――

「ぐらああああああああああああああっ!!」

ガズーロの剛力で斧が真横に振られ、それによって巻き起こった突風が、砂埃（すなぼこり）を全て消し飛ばしてしまった。

「そんなっ……！」

あまりの風圧で体勢が崩れたメリッサに、男たちが複数人で襲いかかる。

「遊ぼうぜぇ！」

「くっ……！」

男の振り下ろしてきた剣を、メリッサは突きで弾（はじ）き返（かえ）す。

体勢が崩れていたとは言え、竜の逆鱗（げきりん）で強化されたレイピアだ。相手の武器を破壊するつもりで、メリッサは突いた。

しかし、男の剣は火花を散らしただけで、欠けもしていない。よほど良い鋼で鍛えられた剣のようだ。

人を卑怯な罠にかけようというくらいだから、武器に自信がないのだと思っていたら、予想外の現象に瞠目（どうもく）する。

「鍛冶師としての腕は実際に一流ということね……！」

下卑（げび）た笑みで観客席から見下ろすヴィゴを、メリッサは忌々しげに見上げた。

「これほどの腕を持ちながらどうして……」

戦いのなさか、メリッサの疑問に答える者はいない。

ガズーロの刃圏に入ってしまわないようにメリッサは素早く立ち回るが、他の男たちが邪魔になって攻めに出ることが出来ない。

敵の攻撃を弾いて逃げ惑うのが精一杯だ。

「もっと走り込みを増やすべきだったかしら……！」

メリッサは強がるように笑みを浮かべるが、その動きは少しずつ精彩を欠いていく。

ガズーロの大斧が一度でも振るわれれば、鎧を身につけていないメリッサは体を真っ二つにされてしまうだろう。

そして、そうなるのは時間の問題だった。

『ぐぬぬぬ！　卑怯者どもめ！　もう我慢できん！』

『待て！　あの場にはカナタ様も我ら魔物も立つことが許されていない！　入った時点でメリッサ殿の負けが確定してしまうぞ！』

『ぐっ……！　だが、このままでは……！』

ザグギエルが思わず飛び出し、その首根っこをフェンリルが咥えて止める。

「メリッサ姉ぇ！　もういい！　降参しよう！　ヴィゴ、やめさせ――」

リリの叫び声はガズーロの振るう大斧が地面に叩きつけられた爆音で遮られてしまう。

舞い上がった砂煙の中から、尾を曳いてメリッサが飛び出るが、あちこち擦り傷だらけだ。

あれだけの勢いで砂が叩きつけられれば、小さな砂でさえ肌を裂く凶器になる。

取り巻きの男たちは、ガズーロの動きを熟知しているのか、被害を受けた様子もなく、逃げたメリッサをまた追い詰めていく。

逆転の目はもうないかに見えた。

メリッサは敗れ、リリは店を失うことになる。その未来が誰の目にも浮かんでいた。

だが、そうはならない。

「ザッくんザッくん」

『なんだ、カナタ？　やはり勝負に負けても助けにいくのか？』

「えっとね」

大斧の轟音が響き渡るなか、カナタはザグギエルにこしょこしょと耳打ちをする。

『よ、良いのか⁉』

「非常事態だから仕方ないね。それにルール上は問題ないんじゃないかな」

『ありがたい！　ならば、どうにでもなる！』

「じゃあ、行こう行こう！」

そう言って、カナタは転移魔法を発動させた。

いつの間にかいなくなったカナタとザグギエルに気づいた者はいない。

† † †

「ぜぇっ……ぜぇっ……！」

メリッサはよく逃げた。

あれほどの攻撃の嵐を、一度も大きな一撃を受けることなくしのぎきっていた。

だが、限界だ。次の大斧の一撃は避けられても、その後の取り巻きから逃げる余裕はもうない。

「終わりのようだな」

「メリッサ姉ぇ！」

壁際まで追い詰められたメリッサは、取り巻きに退路を塞がれ、どうあがいても逃げられない状況にあった。

「もういいよ！　降参しよう！　メリッサ姉ぇ！」

「大丈夫よ、大丈夫……。私はまだ負けてない……っ」

冒険者にとって一番大事な心得だ。諦めなければ、負けていない。チャンスはどんなときも必ず訪れる。

メリッサは壁に手をついて、少しでも息を整えようと努める。

「そんな奇跡は起きねぇよ！」

ヴィゴが合図すると、ガズーロが大斧を大きく振りかぶる。

「ぐらああああああああああああああああっ‼」

そして渾身(こんしん)の力を込めて振り下ろした。

その大斧を躱(かわ)せたところで、衝撃波がメリッサの体をズタズタに引き裂くだろう。

「っっ……！」

メリッサは最後の瞬間まで、目を閉じず迫りくる大斧を睨(にら)み続け——黒い影がその視界を覆った。

凄(すさ)まじい轟音と爆風が吹き荒れ、闘技場の砂が全て吹き飛んでしまうほどの衝撃が発生した。

「うべっ。加減しろよ、ったく……」

口に砂が入ったヴィゴは、ぺっぺっと砂を吐き出し、地面に咲く血の花になったであろうメリッサの姿を探した。

だが、そんな姿はどこにもなく、代わりにあったのは美丈夫の腕に抱かれたメリッサの姿であった。

「大事ないか？」

「えっ、はい、えっ？」

突然現れたイケメンに、メリッサは混乱する。これは瀕死(ひんし)の自分が見ている夢だろうか。

「な、なんだてめえは⁉　どこから涌(わ)いた⁉」

ヴィゴは最前列にかぶりついて怒鳴る。

「余の名はザグギエル。この戦いに参加を申し出る。一対一の勝負でないなら、余が参戦しても問題あるまい？」

突然の闖入者に驚いているのは、他の面々も同じだった。

「だ、誰だよあいつ？」

「ザックんです」

そう答えたのは転移魔法でどこかへ行っていたカナタだ。

「ザックんって、あの格好いい兄ちゃんがあの猫ぉ⁉　うっそだろおい！」

「モフモフが髪にしか残ってなくて残念なんですよねぇ……」

頰に手を当てて、カナタは物憂げに言う。

「ていうか、あいつが参戦して大丈夫なのか？　メリッサ姉ぇが助かって良かったけど、ルール違反になるんじゃ……」

不安そうにつぶやくリリだが、フェンリルがハッとして答えに至る。

『なるほど魔王め、やるな……。契約で禁じられたのは、カナタ様と魔物の参戦。人の姿であれば、契約違反にならんと言うことか。くっ、我も人に化けていれば……！』

「それってほとんど詐欺みたいなもんじゃないか……。あと、いま魔王って言った？」

『言ってない。詐術には詐術ということだろう。先に契約の穴を突いてきたのは奴らだ』

策士策におぼれるとはこのことだな、とフェンリルは鼻を鳴らす。

「でもさ、人の姿でも、あたしの鍛えた武器を持ってないとダメなんじゃ……」

「はい、だから工房からさっきふたりで取ってきたんですよ」

「えっ？」

リリはザグギエルの方を見やった。

ガズーロの渾身の一撃を、片手に握った剣で受けきっている。

「って、あれはあたしが作ってる途中だった剣じゃないか⁉」

鋼を鍛えて形を整えただけで、荒研ぎも焼き入れもしていない制作途中の代物だ。

しかしその不完全な剣は、ガズーロの大斧を見事に受け止めていた。

「ば、馬鹿なっ！　俺の鍛えた大斧が、あんな半端な剣に……⁉」

「余はあまり武器を選ばんが、これは良い剣だ。完成の暁にはまた握ってみたいものよ」

ザグギエルが剣を一振りすると、大斧ごとガズーロの巨体が弾き飛ばされた。

「あんな優男にガズーロが……⁉」

冗談のような光景にヴィゴは口をあんぐり開けて硬直している。

「立てるか？」

「は、はい……」

ザグギエルに支えられ、メリッサは立ち上がる。

「おい、ふざけるな！　なんなんだよ！　聞いてないぞ！　お前みたいな化物がいるなんて！」

錯乱して口角泡を飛ばすヴィゴをザグギエルは嘲笑する。

「ふっ、余の方を見ていて良いのか？　その男の相手は余ではないぞ？」

「なんだと……⁉」

ザグギエルが視線を向けたのは、まだふらついている様子のメリッサだ。

だが、その目に宿った闘志は揺らいでいない。

「お膳立てはしてやった」

いつの間に剣を振るったのか、取り巻きの男たちはみんな意識を失って倒れ伏している。

「これで一対一だ。だが、余が全てを倒してしまっては、あの男も負けを認められんだろう」

「ええ、分かっています。ご助力感謝します」

メリッサはレイピアを水平に構え、姿勢を下げて、ぐっと身をたわめる。

不安定な足場の砂は先ほどの衝撃で吹き飛んで、メリッサの足を邪魔するものはない。

「ぐ、ぐらああああああ‼」

メリッサの剣気を感じ取ったガズーロが起き上がる。大樹をも斬り飛ばさんと大斧を構え、メリッサの攻撃を待ち構える。

実力はガズーロの方が上だ。負傷や疲労を考えると、メリッサは普段の半分も力が出せないかもしれない。

勝率は七対三でメリッサの敗色が濃厚だ。

その差を埋めるものがあるとすれば――

「リリちゃんの鍛えたレイピアが、あなたたちなんかに負けるはずがない！」

瞬間、メリッサの握る賢者の石から錬成した柄が強い光を発した。

魔力を帯びた光は、レイピアを覆い、それだけではなくメリッサの体にも風の衣のように纏わりついていく。

「これなら、行ける！」

メリッサの踏み出しが、闘技場の床を叩(たた)いて加速する。

全力の突撃は過去最高の速度を持って、ガズーロのもとへと剣先を届けた。

そのあまりの疾(はや)さに、ガズーロは迎撃を諦めて大斧を盾にする。

まっすぐに突き込まれた剣先は、分厚い鋼で作られた大斧を紙のように貫いて、ガズーロの喉へ到達した。

だが、血しぶきは上がらない。

「ぐ、ぐらあ……」

寸止め。メリッサの剣先はガズーロの皮膚に触れる直前で止まっていた。

「負けを認めますか？」

メリッサの問いに、ガズーロは激しく縦に首を振った。

レイピアを引き抜くと、大斧が重たい音を立てて転がる。

「リリちゃん、勝ったよ」

Vサインを送るメリッサに、リリは観客席から飛び降りて、思いきり抱きついた。

「良かったよぉぉぉぉっ！　メリッサ姉ぇが無事でぇぇぇぇっ！」

びえええええっと大声で泣くリリをメリッサはあやしてやる。

「リリちゃんの鍛えてくれたこの子のおかげよ。まさか魔剣になってるなんて」

メリッサのレイピアにはまだ目覚めたばかりとは言え、確かに精霊が宿っていた。

疾風のメリッサの名に相応しい、風の属性を宿した精霊だ。

この瞬間、メリッサのレイピアは値段が付けられないほどの魔剣に進化したのだ。

「凄い剣だわ。この力に呑まれないように、私も気をつけないと」

「……メリッサ姉ぇ」

「なぁに？　リリちゃん」

「……安くしとくね」

「……本当にしっかりしてる。鍛冶屋モーズソグニルは安泰だわ」

† † †

ヴィゴ・イェンセンは、いち早く闘技場から逃げ出していた。

「嘘だ！　嘘だ！　嘘だぁぁぁぁっ‼」

慌ただしく走りながら、ヴィゴは先ほど目の前で起きた現実を受け入れられないでいた。

「あんな小娘が作った剣が、俺の鍛えた武器に勝っているなんて！　そんなわけがあるはずねえっ！」

だが、最後に放ったメリッサの一突き。あれほどの一撃は武器の助けがあってこそだ。

あれ以上の武器を自分が作れるかと言われれば、答えは否と言わざるを得ない。

「待って下さい」

ヴィゴの背に声をかけたのはカナタだった。

「諦めよ」

『貴様の逃げ場はどこにもない』

振り返ったヴィゴの後ろには、ザグギエルとフェンリルが逃げ道を塞いでいる。

カナタはカツカツと靴音を鳴らして、ヴィゴに歩み寄った。

「そのハンマー、賭けの対象でしたよね。ちゃんと置いていって下さいな」

「う、うるせえ！　炉もハンマーも俺のものだ！　あいつがいなければ、俺が王都最高の鍛冶師だったのに！　やっとあいつが死んで！　これからは俺の時代がやってくると思っていたのに！　あんな小娘にまで負けるなんて……！　嘘だ！　嘘だ！　嘘なんだぁぁぁぁぁぁぁぁぁぁぁぁっ‼」

ハンマーを振り上げ、ヴィゴはカナタに襲いかかった。

「カナタっ！」

『ええい、見苦しい！』

止めにかかるザグギエルたちより早く、カナタは動いていた。

「えいっ」

カナタはヴィゴの攻撃を躱すまでもなく、腕を取ってぽいっと放り投げる。

「――ぁぁぁぁぁぁぁぁぁぁぁぁぁぁぁあああああああああ⁉」

「はい、お帰りなさい」

落ちてきたヴィゴをキャッチする。

「落ち着きました？」

高所から落下した恐怖で放心したヴィゴは、まだ「嘘だ……嘘だ……」とつぶやいている。

「嘘じゃありません。あなたは負けました」

「嘘だ……！　嘘なんだぁぁ……！」

首を振って現実逃避しているヴィゴに、カナタはアイテムボックスからあるものを取り出して見せた。

「これを見て下さい」

それは、リリが竜の逆鱗で作ったブラシだった。

「な、なんなんだ、これは……！　凄い、凄すぎる……！」

こんな風になってしまっても、ヴィゴの鍛冶師としての目は確かだった。

己の敗北を受け入れられなくとも、目の前の名作から目を逸らすことは出来ない。

「素材は、竜の逆鱗か⁉　それも相当古い竜のものだ。だが、年を取った竜の鱗ほど、加工が難しくなる。いったいどんな繊細な技があれば、逆鱗からこんな細い繊維を紡ぎ出せるというんだ……⁉　素材が良いだけじゃない。それを活かす腕が凄まじいんだ……！」

ヴィゴは全身を震わせ、今度こそ自分の敗北を悟った。

「俺の、負けだ……。俺はあいつどころか、娘のリリ・モーズソグニルの足元にも及んでねぇ……」

がっくりと肩を落としたヴィゴは敗北を認め、その場に跪いて涙を流す。

カナタはそんなヴィゴを慈母のように優しく見下ろした。

「そうです。あなたに足りないものが、分かりましたね？」

光が差すような微笑みに、ヴィゴは顔を上げる。

「ああ、分かった……。馬鹿な俺にもようやく分かった……。俺は何も分かっちゃいなかった……。俺に足りないもの……それは――」

「モフモフです」

「え？」

ヴィゴの表情が固まった。

「モフモフです」

カナタは笑顔のまま言葉を繰り返した。

「分かりませんか？　あなたにはモフモフに対する意識が甘いのです。もっとモフモフに対して高く意識を持って下さい。そんな低い意識ではリリさんのように最高のモフモフに仕上げるブラシは作れませんよ！」

「えっ、ブラシ？」

カナタの言葉を、ヴィゴは一ミリたりとも理解できない。

しかし、かろうじてカナタが自分にブラシを作れと命じていることだけは分かった。

「いや、俺はブラシじゃなくて武器作りを一からやり直して……」

「このブラシを作れたリリさんに負けたんじゃないんですか？」

「うっ、それは……」

言っていることは滅茶苦茶なのに、カナタは的確にヴィゴの図星を突いていく。

「このブラシを超えるモフモフグッズを生み出せたとき、きっとあなたは自分の壁を越えることでしょう」

そう語るカナタの、なんと神々しいことか。

神聖なオーラを浴びて、ヴィゴは心が洗われるような心地がした。

「お、おお……」

その神々しさに、ヴィゴは思わず両手を組んで祈ってしまう。

その様子を見ていたザグギエルたちもうんうんと頷いている。

「さすがはカナタだ。このような悪党にさえ慈悲を与え、立ち直る道を指し示すとは」

『さすがはカナタ様！　やはり我の鼻に間違いはなかった！』

カナタはヴィゴの肩に手を置き、優しく微笑む。

「モフモフです。モフモフグッズを作るのです」

それは神託にも等しい響きだった。

「わ、分かりました！　これからは心を入れ替えてこのブラシを超えるモフモフグッズを作ってみせます！」

洗脳完了――ではなく、改心して心を入れ替えたヴィゴは、己の罪を仲間と共に償ったあと、武器を作ることをやめ、一流のブラシ職人としての道を歩んでいくのだった。

めでたしめでたくもなし。

あとがき

初めましての方はモフモフ！（聖句による挨拶）
一巻ぶりの方もモフモフ！（聖句による挨拶）

五ヶ月ぶりですね！　またあとがきでお会いできて光栄です！

本作は小説投稿サイト『小説家になろう』で掲載しているものに加筆修正を加えたものです。

今回は書き下ろしを頑張りすぎて、短編の勢いを超えてしまいました。

リリとメリッサをたっぷり書けたので作者は満足です。

そして本編はまたもやカナタがモフモフ目当てにやらかしまくるお話でしたが、いかがでしたでしょうか。

悪を成敗しつつもモフモフとの可愛い旅を続ける姿を楽しんでいただけたのなら幸いです。


さてさて、このあとがきを書いているのは六月末なのですが、気圧性偏頭痛持ちの作者は、一年のうちでも一番辛い梅雨の最中に締め切りが迫り、地獄の痛みにのたうち回りながらも発売されたばかりの『ラストオブアスパート2』をやり、ワンちゃんお願い死なないでと泣きながら弓を放って一撃必殺でしとめつつ全敵滅殺プレイを続け、先日無事クリアしました。滅茶苦茶楽しかったです。

原稿はギリのギリギリで間に合いました。

偏頭痛一ミリも関係なくて草生えますね。

担当もこれには苦笑いを超えて怒り噴騰。

すみません許してくださいもうしませんせん三巻はちゃんと余裕を持って書き上げます！　本当に本当！　本当だってば！　次回の内容だってもう決まってるんだから！

あ、次回の新入りモフモフは吸血鬼です。女の子です。

どの辺がモフモフかは読んでみてのお楽しみなので買ってね！（露骨なダイレクトマーケティング）

そうそう、モフモフと言えば、うちの近所には三匹の野良猫さまが住んでいるんですが、非常に人懐っこくて動物に嫌われる体質の作者でも快く触らせてくれるほどの気の良い奴らなんです。

彼らはカナタのところのポンコツ白黒モフとは違い、狩人としても有能で、色々なものを狩っては見せにきてくれるのです。

が、雀、燕、鳩、鼠、御器齧りなどを作者に見せびらかして自慢したあと、目の前でバリバリ食べるのには軽く引きましたね。モフモフ可愛いので許しますが。

あと残った残骸をお片付けさせられるのもご勘弁願いたいですね。羽根とか嘴とか脚とか。モフモフ可愛いので許しますが。

あと食った直後の口でペロペロしてくるのもちょっとやめていただきたいですね。モフモフ可愛いので許しますが。

おかしいな。モフモフ可愛いよねって話をしようと思っていたはずが、ちょっとしたグロ話になってしまった。

なので（なので？）、お世話になった方々への感謝の言葉で締めたいと思います。


まずは担当編集のＳさん。今回も迷惑をおかけしまくり本当に申し訳ありません！　いつも頼りにさせていただいています！　隙あらば締め切りの延長を目論む作者ですが、これからもよろしくお願いいたします！

そしてイラストを担当してくださったファルまろさん。今回のイラストも可愛さ満点で最高です！　カナタやザッくんフェンフェン、その他のキャラクターの魅力を何倍にも引き上げてくださりありがとうございます！　次回もご一緒にお仕事させていただければ光栄です！

それから、編集部の皆さん、デザイナーさん、校閲さん、営業さん、書店員さん、その他たくさんの方に支えられて二巻を出すことが出来ました！

そしてもちろん、今こうして本を手に取っている貴方様（あなたさま）に、最大の感謝を！

それでは、また三巻でお会いできる日を信じてー！

ではではー！

二〇二〇年　六月某日　犬魔人

お便りはこちらまで

〒102－8078
カドカワBOOKS編集部　気付
犬魔人（様）宛
ファルまろ（様）宛

カドカワBOOKS

聖女(せいじょ)さま？　いいえ、通(とお)りすがりの魔物使(まものつか)いです！2
～絶対無敵(ぜったいむてき)の聖女(せいじょ)はモフモフと旅(たび)をする～

2020年8月10日　初版発行

著者／犬魔人(いぬまじん)

発行者／青柳昌行

発行／株式会社KADOKAWA

〒102-8177
東京都千代田区富士見2-13-3
電話／0570-002-301（ナビダイヤル）

編集／カドカワBOOKS編集部

印刷所／旭印刷

製本所／本間製本

●お問い合わせ
https://www.kadokawa.co.jp/（「お問い合わせ」へお進みください）
※内容によっては、お答えできない場合があります。
※サポートは日本国内のみとさせていただきます。
※Japanese text only

Printed in Japan
ISBN 978-4-04-073754-6 C0093

新文芸宣言

かつて「知」と「美」は特権階級の所有物でした。

15世紀、グーテンベルクが発明した活版印刷技術は、特権階級から「知」と「美」を解放し、ルネサンスや宗教改革を導きました。市民革命や産業革命も、大衆に「知」と「美」が広まらなければ起こりえませんでした。人間は、本を読むことにより、自由と平等を獲得していったのです。

21世紀、インターネット技術により、第二の「知」と「美」の解放が起こりました。一部の選ばれた才能を持つ者だけが文章や絵、映像を発表できる時代は終わり、誰もがネット上で自己表現を出来る時代がやってきました。

UGC（ユーザージェネレイテッドコンテンツ）の波は、今世界を席巻しています。UGCから生まれた小説は、一般大衆からの批評を取り込みながら内容を充実させて行きます。受け手と送り手の情報の交換によって、UGCは量的な評価を獲得し、爆発的にその数を増やしているのです。

こうしたUGCから生まれた小説群を、私たちは「新文芸」と名付けました。

新文芸は、インターネットによる新しい「知」と「美」の形です。

2015年10月10日

井上伸一郎